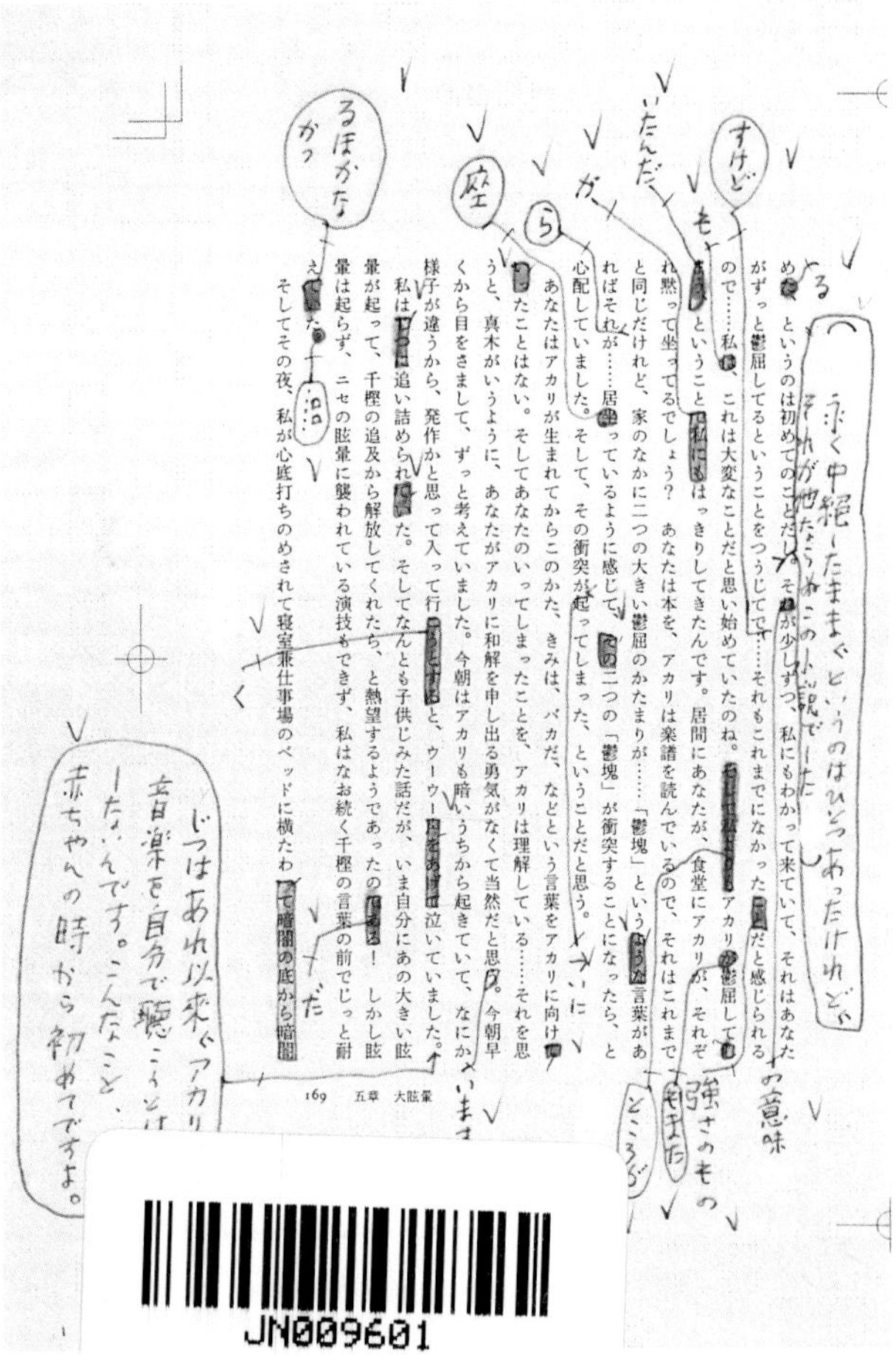

めというのは初めてのことだし。そが少しずつ、私にもわかって来ていて、それはあなた
がずっと鬱屈してるということをつうじてで……それもこれまでになかっただと感じられる
ので……私、これは大変なことだと思い始めていたのね。アカリ鬱屈して
ということ私にもはっきりしてきたんです。居間にあなたが、食堂にアカリが、それぞ
れ黙って坐ってるでしょう？　あなたは本を、アカリは楽譜を読んでいるので、それはこれまで
と同じだけれど、家のなかに二つの大きい鬱屈のかたまりが……「鬱塊」という言葉があ
ればそれが……居っているように感じて、その二つの「鬱塊」が衝突することになったら、と
心配していました。そして、その衝突が起ってしまった、ということだと思う。
あなたはアカリが生まれてからこのかた、きみは、バカだ、などという言葉をアカリに向け
たことはない。そしてあなたのいってしまったことを、アカリは理解している……それを思
うと、真木がいうように、あなたがアカリに和解を申し出る勇気がなくて当然だと思。今朝早
くから目をさまして、ずっと考えていました。今朝はアカリも暗いうちから起きていて、なにか
様子が違うから、発作かと思って入って行と、ウーウー泣いていました。
私は追い詰められた。そしてなんとも子供じみた話だが、いま自分にあの大きい眩
暈が起って、千樫の追及から解放してくれたら、と熱望するようであったの！　しかし眩
暈は起らず、ニセの眩暈に襲われている演技もできず、私はなお続く千樫の言葉の前でじっと耐
えた。
そしてその夜、私が心底打ちのめされて寝室兼仕事場のベッドに横たわて暗闇の底から暗闇

169　五章　大眩暈

図１
『水死』初校ゲラ著者校より（本文 290 頁参照）
東京大学文学部大江健三郎文庫　© 大江健三郎著作権継承者

っていると枕の下から「ハイドンに捧げた三つのソナタ」の第二番が湧き起った。居間で相当な音量で掛けて[redacted]るということだ。私はそのままでいたが続いてK五五〇のシンフォニーが聞こえて来ると自分を押さえることができなかった。私は階下へ降りて行ったがアカリが[redacted]再生装置の前の床にべったり座っていた。

―もう遅いからね、明日にしよう、と私はいった。

アカリは私の方を見向きもしなかった。私は怒りにとらえられた。そして私は、アカリの脇にしゃがむと、ボリュームをさらに上げた。前を向いたままのアカリの首筋が赤くなった。千樫が寝室から出て来ると、食堂の入口でこちらをうかがっていたが、私の血相を見とどけて引き退って行った。曲が終ると、アカリは丁寧にCDをしまって立ち上った。こちらを向いたアカリに、

―きみは、バカだ、と私はいった。

二階に戻り、暗闇の庭からその窓

を見上げるようにして長い時を過した後、東京に戻ってからなかったことだがベッド・ランプを点けて枕許の本棚の一冊を手探りし、それを読み始めた時、[redacted]文庫本のこまかな活字の埋めている長方形、周りの白い部分（そこを英語だとmarginとい[redacted]、その余白への書き込みのことをmarginaliaともいうと、なにかの雑談で話すと、それは文化人類学者や建築家の友人たちと周縁性ということを[redacted]していた頃だが、[redacted]のいうことを聞き流して自分の黙想のなかに入るようだった篁さんがしばらくして「マージネイリア」という深い美しさの新作を発表した[redacted]自分の人生[redacted]いちばん創造的な環境のなかにあった時期！）[redacted]の本を斜めに支えている自分の指と腕頸、その向こうの書棚の[redacted]、60度に割っ[redacted]円盤がサーッと崩

周りの者

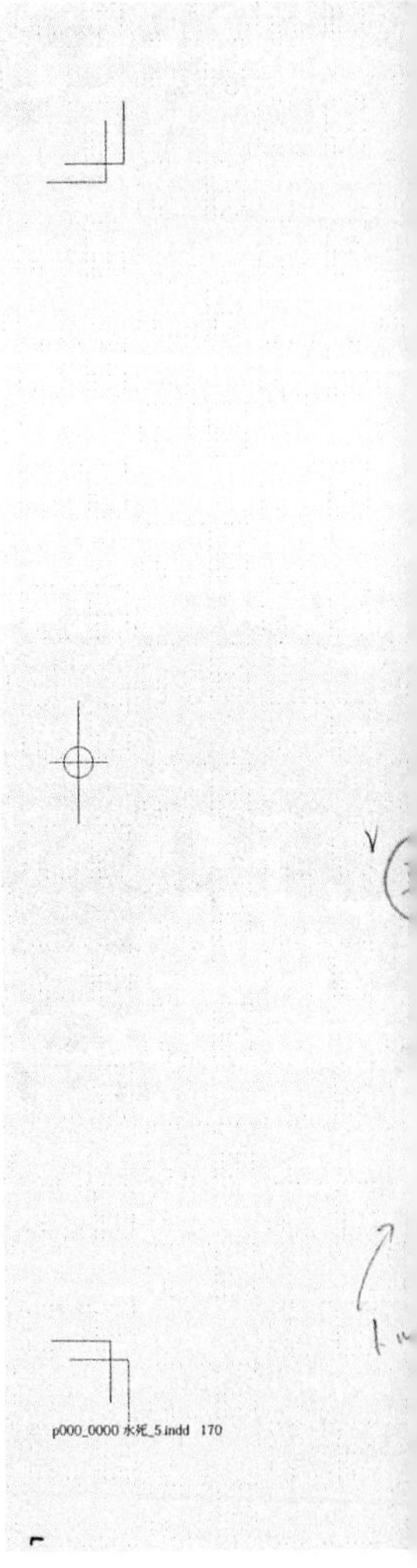

図2
『水死』初校ゲラ著者校より（本文 290 頁参照）
東京大学文学部大江健三郎文庫
© 大江健三郎著作権継承者

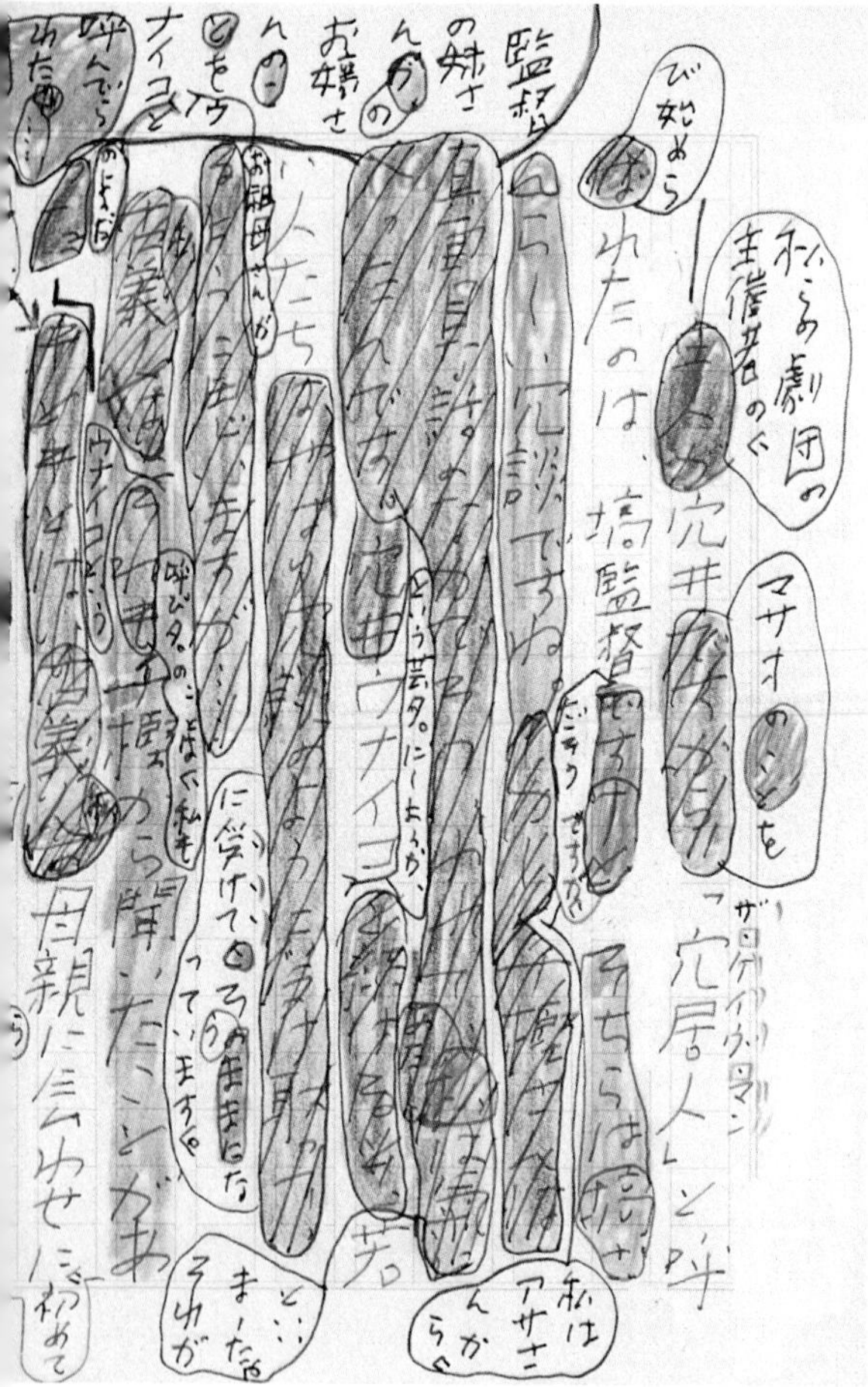

私たち劇団の主催者の
マサオのことを
「穴居人」と呼
び始めら
れたのは、塙監督
こちらは塙さ
私はアサさんから
という芸名にしようか、
呼び名のことばく私も
に分けて
監督の妹さんのお嫁さん
ナイコとを
呼んでられた
母親に会わせに初めて

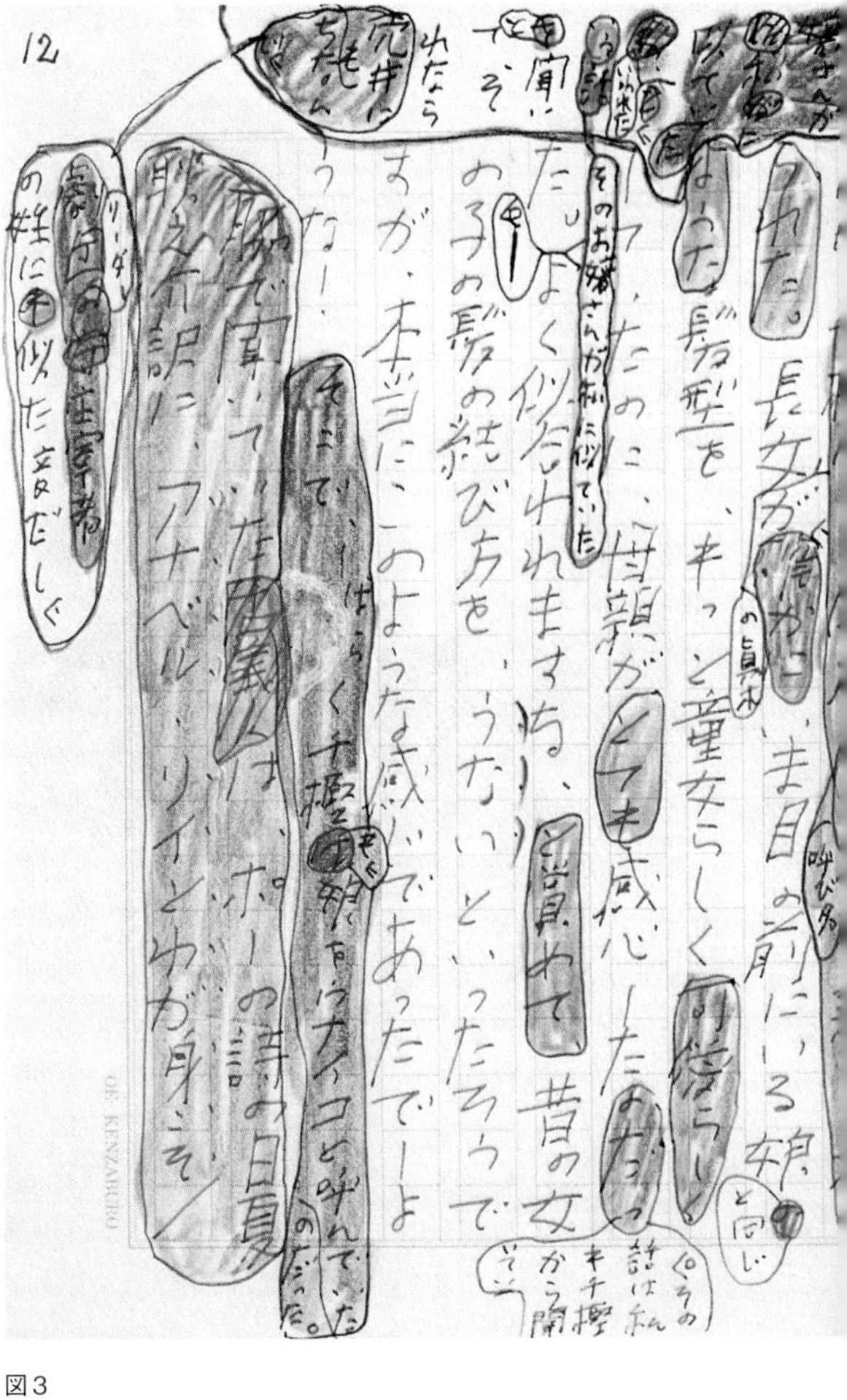

図3
『水死』自筆原稿より（本文 298-299 頁参照）
東京大学文学部大江健三郎文庫　© 大江健三郎著作権継承者

もとより、もとにうたいみたわ、と、とある、と
いったこと、まで詩だとさえで、アサが詩を
自分のものにしてしまった。
私も母と　千種さんがその詩をさめる傍にいたんです　とアサはいった。
あたしもウサイ鳥という呼び名の出てくる傍に、またたく外国の詩の翻訳と
ちょっとしたことを兄は言い出しますね
それよりもっとうまい歌がこの国に
教えてもらいますよ。　教えてくれたのね。
歌を覚えてきますよ　と母は
呼び名事　亭子公をちかへり鳴けうなゐこが
打ち垂れ髪のさみだれの空
くと嬉しそうでした
兄

図4
『水死』自筆原稿より（本文 298-299 頁参照）
東京大学文学部大江健三郎文庫　© 大江健三郎著作権継承者

図5
大江健三郎
Portrait of Kenzaburo Oe 25/05/2015 ©Melania AVANZATO/Opale.photo
写真：opale.photo／アフロ
2015年5月25日撮影

大江健三郎論
怪物作家の「本当ノ事」

井上隆史

光文社新書

はじめに

二〇二三年三月三日、大江健三郎がこの世を去りました。八十八歳でした。東京大学でフランス文学を学んでいた学生時代の作品「奇妙な仕事」以来、常に文学界の先頭を走り続けた大江。一九五八年に「飼育」で芥川賞、一九六七年に『万延元年のフットボール』で谷崎潤一郎賞、一九七三年に『洪水はわが魂に及び』で野間文芸賞、一九八三年に『「雨の木《レイン・ツリー》」を聴く女たち』で読売文学賞、『新しい人よ眼ざめよ』で大佛次郎賞を受賞、そして一九九四年には、川端康成についで日本で二人目のノーベル文学賞受賞者となります。その理由は、「詩的な力を駆使して想像の世界を生み出し、生と神話を凝縮して、ギョッとさせるようなやり方で現代人の苦境を描き出したため」というものでした。

同時に、『ヒロシマ・ノート』（一九六五年）、『沖縄ノート』（一九七〇年）といった評論活動を通じて社会に向かって反核、反戦、護憲を訴えるその姿は、狭い意味での文学の領域にとどまらない戦後民主主義を代表する知識人としての生き方を厳しく貫くものでした。

しかし、正直なところ、私自身は長い間、大江文学を敬遠してきました。本書の中でも詳しく述べますが、読んでいるとこちらの精神が掻き乱される。それが嫌だからです。ノーベル賞の受賞理由として、「ギョッとさせるようなやり方で現代人の苦境を描き出した」ということを書きました。これは、form a disconcerting picture of the human predicament today という英文の私訳で、ギョッとさせるようなに相当するのは disconcerting、すなわち予期せぬ形でこちらの心を掻き乱す、という意味です。大江文学には、そういうところがある。愛読者の中には、そこが魅力だという人が多いようですが、私は苦手で、あまり触れないようにしていたのです。

とはいえ、密度の濃い文体といい、時空の限界を超えた視野の広がりといい、大江がただならぬ文学世界を創造する鬼才の持ち主であることは間違いありません。川端康成がノーベル賞を受賞した時、受賞レースで川端のライバルだった三島由紀夫が、若き詩人の高橋睦郎に、「もう俺にノーベル賞の目はないよ。次に貰うのは大江だよ」と言った（『在りし、在らまほしかりし三島由紀夫』平凡社、二〇一六年十一月）ことはよく知られています。事実、その予想通りになったわけですが、これも大江の異才、異能を物語るエピソードだと言えます。

　そこで、私もある時期から大江を少しずつ読み進め、自分なりの大江像を探って来ました。そして、あらためて思ったことがあります。それは、大江は戦後民主主義を代表する知識人という枠には決して収まらない存在であり、大江文学の真の魅力は、そういう評価とは別の場所、むしろそれを裏切る場所にあるのかもしれないということです。脳に障害をもって生まれた光さんを父親として大切に見守り共に生きてきたことから、差別やケアの問題に敏感な作家とも言われますが、この点についても事情はもっと複雑であるように思われます。

　いったい、大江健三郎とは何者だったのでしょう。『万延元年のフットボール』という小説の中で語られるキーワードに「本当ノ事」というものがあります。それはある秘められたインセスト（近親相姦）をめぐる出来事なのですが、大江自身の「本当ノ事」は、いまだ明らかになっていないのではないか。

　大江の「本当ノ事」はインセストの問題にとどまりません。本書では、大江の代表作を初期から順に読み進め、その「本当ノ事」に迫ってゆきたいと考えています。なお、大江の小説作品からの引用文は、特に断らない限り『大江健三郎全小説』（全十五巻、講談社）に依拠することを原則とします。

大江健三郎論

——怪物作家の「本当ノ事」

目　次

第三章　アナルセックスと赤ん坊殺し

第六章　レイン・ツリーとイーヨー

第十章

第一章

三つの処女作

――「奇妙な仕事」「死者の奢り」「飼育」

時計台と地下水槽

作家の処女作には、その後、書かれることになるすべての作品が予告されていると言います。大江健三郎の場合はどうでしょうか。

まずは、次の三作品を読んでみましょう。一九五七年、東京大学でフランス文学を学んでいた学生時代、五月祭（本郷キャンパスで行われる文化祭）賞受賞作となった小説「奇妙な仕事」、ついで芥川賞候補となった「死者の奢り」、そして一九五八年に第三十九回芥川賞を受賞した「飼育」。

大江はそれ以前から作品を書いているので、これらは厳密な意味での処女作ではありません。しかし、多くの読者に学生作家のデビューを強烈に印象付けたという意味で、事実上の処女作と言ってよいでしょう。ちなみに「飼育」で芥川賞を受賞した時、大江はその時点での最年少受賞者となる二十三歳でした。

「奇妙な仕事」と「死者の奢り」は、いずれも学生アルバイトの話です。前者の仕事内容は、大学病院の実験用の犬一五〇匹が不要になったので撲殺して皮を剥ぐというもの。ところが、肉の仲買人が肉屋を騙して犬の肉を売り込んでいたことが警察沙汰になり、バイト代は支払われないことになる。後者の仕事は、医学部大講堂の地下水槽に入っている解剖教材用の人間の死体を、新しい水槽に移すというもの。ところが、今度は連絡の行き違いで、本来なら焼却場で火葬すべきだった死体を、誤って新しい水槽に移してしまったのでした。しかし、翌朝、予算を出した文部省の役人が視察に来るので、徹夜をしてでもそれまでに水槽から死体を運び出さなければなりません。その分の報酬が払われるかどうか不明です。

作品中にはそうとは書かれていませんが、小説の舞台が大江自身の通っていた東京大学であることは明らかです。文京区本郷の東大キャンパスは中央に時計塔があり、そこから上野の方に向かってなだらかな下り坂になっているのですが、その先に東大病院があります。次は、「奇妙な仕事」の冒頭です。

> 付属病院の前の広い舗道を時計台へ向かって歩いて行くと急に視界の展ける十字路で、若い街路樹のしなやかな梢の連りの向こうに建築中の建物の鉄骨がぎしぎし空に突きたっているあたりから、数知れない犬の吠え声が聞こえて来た。

一方、本郷三丁目駅寄りの入り口である赤門（旧加賀屋敷御守殿門）の正面から右側にかけてのエリアには医学部関係の建物が集まっていますが、「死者の奢り」の書き出しは、次のようです。

> 死者たちは、濃褐色の液に浸って、腕を絡みあい、頭を押しつけあって、ぎっしり浮かび、また半ば沈みかかっている。彼らは淡い褐色の柔軟な皮膚に包まれて、堅固な、馴じみにくい独立感を持ち、おのおの自分の内部に向かって凝縮しながら、しかし執拗に体をすりつけあっている。

私の学生時代は大江の時から三十年ほど時間が経過していますが、それでも時計台に向かって歩いてゆくと、「梢の連りの向こう」から「数知れない犬の吠え声」が響いてくる幻聴に何度か悩まされました。また、医学部の地下に死体用水槽があるという話は一種の都市伝説になっていて、実際、その周辺で死体の気配を感じたこともあります。これに関してはある痛ましい出来事があるのですが、今は伏せておきます。大江の文章は決して読みやすいとは言えませんが、いったん波長が合ってしまうと、いつのまにかこちら（読者側）の現実が作品世界に侵食され、ついには塗り替えられてしまう。そんな不穏な力が、そこには働いています。

これは大江文学の主要な特徴の一つなのですが、右のわずかな引用からは、他にも大江ならではの独自の要素を見て取ることが出来ます。

たとえば、時計台が象徴する上向きの力、地下水槽が象徴する下向きの力、この上下相反する力が作品世界を貫いていることです。時計台だけではありません。「奇妙な仕事」の引用個所にある街路樹の梢、突き立つ建物の鉄骨……といった言葉。これらは、天に向かって勢いよく上昇する垂直の力を感じさせます。しかし、「死者の奢り」に描かれる地下水槽は、すべてを底へ底へと引きずり落とすのです。

では、小説の末尾において、上昇下降という相反する方向を持ったこの二つの力は、どのように描かれているでしょうか。それぞれの結末部分を見てみましょう。まず「奇妙な仕事」。主人公の「僕」は、アルバイト仲間の「女子学生」に次のように語りかけ、仕事が打ち切りになったために殺されずに済んだ犬たちが吠え続けるところで、小説は終わります。

> 僕らは犬を殺すつもりだったろ、とあいまいな声で僕はいった。ところが殺されるのは僕らの方だ。

女子学生が眉をしかめ、声だけ笑った。〔……〕全ての犬が吠えはじめた。犬の声は夕暮れた空へひしめきあいながらのぼって行った。これから二時間のあいだ、犬は吠えつづけるはずだった。

次は「死者の奢り」の最後。死体をトラックに載せる積出口から戻って来た「僕」が、地下水槽に帰る場面です。

今夜ずっと、働かなければならないだろう、と僕は考えた。それは極めて困難で、億劫な、骨のおれる仕事だと思われた。しかも、事務室に、報酬をはらわせるためには、僕が出かけて行って交渉しなければならない。僕は勢いよく階段を駈け下りたが、僕の喉へこみあげて来る、膨れきった厚ぼったい感情は、のみこむたびに執拗に押しもどして来るのだ。

優れた小説の冒頭と結末においては、作品世界の基本構造上の変化が認められるものです。今、上下相反する力に着目するならば、「奇妙な仕事」の冒頭ではもっぱら上昇する力のみが強調され、最後の場面においても、その力は「空へひしめきあいながらのぼって行」く「犬の声」として表現されています。ところが、ここには下降力も描かれていて、それは「殺すつもりだった」「僕ら」から「殺される」「僕ら」への転落、つまり相手（この場合には犬ですが）に対して優位な位置にあったはずの自分が、相手より劣位の場所に下降するという形をとって表現されます。二つの力は重なり合うことがないので、犬の鳴き声は天の彼方にまで登り、逆に「僕」はどこまでも下降するより他ありません。

一方、「死者の奢り」の冒頭では、上昇力と下降力が、「頭を押しつけあって、ぎっしり浮かび、また半ば沈みかかっている」死体として危うい均衡を保っていますが、結末部分では、この二つの力が「僕」の身体を舞台にして対立し、葛藤し続けます。すなわち、「勢いよく階段を駈け下り」→「喉へこみあげて来る、膨れきった厚ぼったい感情」→「のみこむ」→「執拗に押しもどして来る」。

このように、「奇妙な仕事」と「死者の奢り」はいずれも、冒頭と結末において作品世界の構造上の変化が認められ、これを巧みに表現している点において、処女作にして既に傑作の名に値します。

しかし、さらに下降し続けるか、それとも「のみこみ」と「押しもどし」を永遠に繰り返すか、いずれの結末であっても、未来に向けた展望がありません。

むろんこれは、「僕」が追い込まれた不条理な閉塞状態のリアルな描写なのです。これらの作品が発表されたのは戦後、高度経済成長の初期にあたり、歴史的に回顧すれば、社会は急速な上昇気流に乗っていたように思われます。しかし、その裏面には深い闇が広がっていました。後にも述べるように、それは近代史そのものの闇なのですが、これを間違いなく感知している点でも「奇妙な仕事」と「死者の奢り」は優れた作品です。とはいえ、このままでは作中の「僕」は闇に飲み込まれて苦悶し続けるだけ。小説の舞台設定や作品構成に何かまったく別の要素を導入しなければ、この二作品を書いただけで大江が行き詰まってしまうことは目に見えています。

オルガスムと鉈《なた》

では、雑誌「文學界」の一九五八年一月号に掲載され、芥川賞を受賞した「飼育」の場合はどうでしょうか。大江はやはりただ者ではないなと思うのは、右の二作品と「飼育」との間には、大きな隔たりがあり、ところが大江はこれを大胆に飛び越えることによって、自分を飲み込む闇をも乗り越えようとしている点です。大江の作品史を通覧すると、しばしば驚くべき飛躍を認めることが出来ますが、これはその最初の例だと言えます。

　まず、描かれている作品世界の舞台が異なります。「奇妙な仕事」と「死者の奢り」の物語は現在の東京（具体的には戦後の東京大学と思われるキャンパス）で展開しますが、「飼育」では過去の地方山村（具体的には太平洋戦争末期における大江自身の故郷・愛媛を思わせます）での出来事が描かれます。人物設定について言うなら、最初の二作品は大学生の「僕」を中心に、複数の仕事上の上役《うわやく》やバイト仲間が周辺に配置される関係です。一方、「飼育」の「僕」は主人公ではありますが、実際には弟との二人組、もしくは友人の兎唇《みつくち》も加えた三人組の子どもとして現われます。そして、「飼育」される黒人兵が「僕」ないし二人組、三人組と対置され、さらに村の子どもたち、そして大人たちがこの対置関係を外側から囲んでいます。

　このような設定上の違いがあるのですが、ここであらすじを確認しておきましょう。

　谷間を見下ろす斜面の村に暮らす「僕」に、ある特権的な仕事がもたらされます。それは、墜落した米軍機から落下傘で脱出したものの、捕えられて共同倉庫の地下倉に監禁された若い黒人兵のために、その倉庫の屋根裏に暮らす「僕」が食事を運ぶという仕事です（「飼育」

とはこの「監禁」を意味します）。やがて「僕」は、弟、兎唇とともに黒人兵が繫がれている地下倉に潜り込むようになり、村の子どもたち（後にも触れますが、子どもたちは「蛙」と呼ばれます）はその様子を「羨望で喉をほてらせながら」見守ることになります。

ある夏の日、兎唇の提案で、黒人兵を共同水汲場の泉に連れ出します。次は、村の子どもたちと黒人兵との水遊びの場面です。

> それから急に僕らは、黒人兵が堂々として英雄的で壮大な信じられないほど美しいセクスを持っていることを発見するのだった。僕らは黒人兵の周りで裸の腰をぶつけあいながらはやしたて、黒人兵はそのセクスを握りしめると牡山羊がいどむ時のような剽悍な姿勢をしてわめいた。僕らは涙を流して笑い、黒人兵のセクスに水をぶっかけた。そして、兎唇が裸のまま駈け出して行き、雑貨屋の中庭から大きい牝山羊をつれて戻って来ると僕らは兎唇の思いつきに拍手喝采した。黒人兵は桃色の口腔を開いて叫ぶと、泉からおどり上がり、おびえて鳴く山羊にいどみかかっていった。僕らは狂気のように笑い、兎唇は力みかえって山羊の首を押さえつけ、黒人兵は陽にその黒く逞しいセクスを輝かせて悪戦苦闘したが牡山羊のようには、うまくゆかないのだ。

私は「水遊び」という言い方をしましたが、見ての通り極めてエロチックな場面です。こういう黒々と光り輝くエロチシズムを大江ほど大胆に表現する作家は他にちょっと見当たりません。大江の全作品の中でも、ここは出色の場面です。「悪戦苦闘したが牡山羊のようには、うまくゆかない」とありますが、これは失敗した性行為を意味するのではなく、いわゆるエッジング、つまり性交する者が互いの快感を高めるために、あえてオルガスムを遅延させる性的技巧として描かれています。だから文章は次のように続きます。

> 僕らは体を下肢に支えることができなくなるまで笑い、そのあげく疲れきって倒れた僕らの柔らかい頭に哀しみがしのびこむほどだった。僕らは黒人兵をたぐいまれなすばらしい家畜、天才的な動物だと考えるのだった。僕らがいかに黒人兵を愛していたか、あの遠く輝かしい夏の午後の水に濡れて重い皮膚の上にきらめく陽、敷石の濃い影、子供たちや黒人兵の臭い、喜びに嗄れた声、それらすべての充満と律動を、僕はどう伝えればいい？

ちょっと口に出すのも憚られますが、「体を下肢に支えることができなくなるまで笑い」というのは、遅延を重ねに重ね、その果てについに子どもたちに訪れたオルガスムの瞬間、「疲れきって倒れた僕らの柔らかい頭に哀しみがしのびこむ」というのは、射精後の甘い虚しさを暗示する表現です。実際に「僕ら」が射精したとは言えないかもしれませんが、イメージとしてはそう考えることが出来ますし、あるいはむしろドライオルガスム（射精を伴わないオルガスム。タントラヨガでは究極の快楽と言われます）と理解すべきところです。こんな至高の瞬間は、「奇妙な仕事」にも「死者の奢り」にも描かれていません。ここで大江は「奇妙な仕事」、「死者の奢り」の暗く閉塞した作品世界を打ち破り、大きく飛躍することに成功しています。

さらにここには、私たちが通常自分自身からも隠そうとする、ある秘密が明かされています。後にノーベル文学賞を受賞し、戦後民主主義者を代表する知識人とされる人物が、こんなことを書くのかと驚く読者もあるかと思いますが、その秘密とは、これほど激しい性的快感は、実のところ具体的な名前を持った特定の個人が相手では体験出来ないということです。そもそも大江は黒人兵に固有名を決して与えようとしません。それは単なる「黒人兵」であり、それどころか「家畜」なのです。もっと言えば、家畜の「セクス」なのです。ところが、相手が単なる家畜の「セクス」であることによってはじめて、心行くまで満たされる性愛がある。むろん「セクス」自体にとっても、それは至高のオルガスムの瞬間です。ここで大江が描いているのは人間を人間ではないものとして扱い、人間が人間ではないものとして扱われるサド－マゾヒズムの原理に他なりません（仮に名前が与えられたとしても、それが「兎唇」というような奇怪なものであることも、これと関わっています。「セクス」という表現についても同様です。私はこれを単なる神話を越えた神話という意味で超神話的原理とも呼んでみたいのですが、このことについては、『万延元年のフットボール』を扱う第四章であらためて取り上げます）。だが、こんな究極の快楽を貪った者は、それと引き換えに罰せられなければならない。急いで、あらすじの先を見てみましょう。

この黒人兵をどう扱うべきか、村は県庁の指示を待ち続けますが、何の連絡もありません。やがて連絡が来ます。黒人兵を県に引き渡すことになったのです。察した黒人兵は、突然「僕」一人を人質に取って地下倉に立て籠りますが、村の大人たちがそこに乱入してきます。

　大人たちの塊りの中から父が鉈《なた》をさげて踏み出た。僕の父の眼が怒りにもえて犬のそれのように熱っぽいのを見た。黒人兵の爪が喉の皮膚に深く喰いこみ、僕は呻いた。父が僕らに襲いかかり、僕は鉈が振りかぶられるのを見て眼をつむった。黒人兵が僕の左の腕首を握り、それを自分の頭をふせぐためにかかげた。地下倉じゅうの人間が吠えたて、僕は自分の左掌と、黒人兵の頭蓋の打ち砕かれる音を聞いた。僕の顎の下の黒人兵の脂ぎって光る皮膚の上でどろどろした血が玉となり、はじける。僕らに向かって大人たちが殺到し、僕は黒人兵の腕の弛緩と自分の体に焼きつく痛みとを感じた。

　父が「僕」の掌まで鉈でグシャグシャに潰してしまうのは理不尽とも思われます。しかし、それは「僕」を人質に取った黒人兵だけでなく、「僕」自身もまた罰に見合うだけの罪を犯したからです。そう、互いにサドマゾヒスティックな性的快楽を享受しあったという罪を！　正確に言えば子どもたちは全員が共犯なのですが、「僕」はこれを代表して罰せられたのでした。いや、理解しにくい考え方かもしれませんが、「僕」だけが罰せられる「特権」を与えられたのかもしれません。というのも、このように「処刑」されることがあらかじめ定まっている者だけが、それに先立って誰よりも深い究極の性的快楽を味わい尽くすことが出来るからです。

　激しいオルガスムと、鉈で打ち砕かれることと。

両者は互いに倒立して、相手を映し合っているのです。

逆向きの蝶番《ちょうつがい》

しかし、まだ小説「飼育」は終わりません。最後にもう一つエピソードが語られます。黒人兵の遺体は谷間の廃坑に隠され、手を潰された「僕」は弟とも兎唇とも離れて、「もう子供ではない」という思いに囚われます。

この時、片足が義足の「書記」と呼ばれる男が、背後から「僕」に近づいて来ます。彼は村外の人間で、黒人兵を県に引き渡すという通知も、彼から村にもたらされたのですが、村の子どもたちを「蛙」と呼ぶのも、この「書記」なのでした。彼は、「おい、元気を取り戻したか、蛙」と「僕」に語りかけた後、墜落した飛行機の尾翼を橇にして、草原を滑降します。ところが、橇から放り出された「書記」は血みどろになって即死してしまいます。

草に囲まれて黒ぐろと露に濡れた岩肌が剥き出ている横に、両手をぐったり開いた書記があおむけに横たわって、微笑んでいた。僕は屈みこみ、書記の微笑んだ顔の、鼻孔と耳から、どろどろした濃い血が流れ出ているのを見た。子供らが暗い草原を駈けて来るざわめきが、谷から吹きあげる風にさからって高まって来た。

いったいこのエピソードは何を意味するのでしょう。主要な話の筋は、黒人兵の遺体が谷間の廃坑に隠され、「もう子供ではない」という思いに「僕」が囚われるところで終わっています。にもかかわらず、なぜ「書記」の話が末尾に置かれているのでしょうか。

私の考えによれば、右のエピソードの役割は、いったん隔たりを飛び越えた大江の作品世界を、「奇妙な仕事」、「死者の奢り」の世界に巻き戻すことです。「書記」は「飼育」と、「奇妙な仕事」および「死者の奢り」とを逆向きに繋ぐ蝶番で、というのも、「書記」の死に立ち会った「飼育」の少年は、終戦後に上京し、「奇妙な仕事」、「死者の奢り」の大学生に転身したと見なすことが出来るからです。

考えてみれば、黒人兵は墜落した飛行機から落下傘で脱出し、共同倉庫の地下倉に監禁されたという点において下降力に支配されていたのですが、泉での「水遊び」の場面では、「英雄的で壮大な信じられないほど美しいセクス」が屹立、つまり勃起しました。この、いわば垂直のオルガスムの力さえあれば、大学生の「僕」もまた、下降力に打ち勝つことが出来るに違いありません。

悲しいかな、だが、そんな「セクス」の力は、終戦前の村落共同体の限られた条件下でのみ発揮されるのであって、大江の描く戦後東京の大学生は、下降力の磁場、死の呪縛から逃れることが出来ず、不能に陥るより他ないのです。

以上を整理すると、大江の三つの処女作については、次のようにまとめることが出来ます。

「奇妙な仕事」と「死者の奢り」において、展望のない閉塞状態を描いた大江。芥川賞受賞作の「飼育」では、究極のエロチシズムの大胆な描写によって、前二作を乗り越えようとしました。その威力は甚大で、大江の試みは成功したかに見えましたが、これら三つの処女作においては東京と山村、現在（戦後）と過去（終戦前）というように時空が分裂しており、そうだとすると、「飼育」に描かれた性愛の力を、そのまま「奇妙な仕事」と「死者の奢り」の作品世界、つまり大江がこの小説を書いている戦後の東京に持ち込むことは、もともと不可能なのでした。

これは言い換えれば、三作品には大江がこれから直面し、克服してゆくべき課題が既に示されているということでもあります。大江にとって処女作の存在意義は、単にこれから書かれることになる作品が予告されていると言うよりも、右のような意味での課題の提示という点にあったのではないでしょうか。具体的に言えば、現在の東京と過去の地方山村という異なる時空間を、いかに関係づけるかという問いですが、この問題に正面からぶつかって驚くべき成果をあげるまでに、およそ十年にも及ぶ時間が必要となったのでした。

第二章

純粋天皇の胎水しぶく

――『芽むしり仔撃ち』「セヴンティーン」
「性的人間」

十年間の苦悶

「飼育」からおよそ十年というと、ちょうど『万延元年のフットボール』が発表された時期にあたります。大江は三十二歳になっていて、一九六七年一月号から七月号にかけて雑誌「群像」に連載されたこの小説が、同時代の読者に及ぼした影響力は圧倒的でした。遅れてきた読者である私もまた（当時の私はまだ三歳でした。大江のお子さんである光さんと同年齢です）、『万延元年のフットボール』を大江の最高傑作と考えますし、世界文学史という水準においても、真に驚くべき傑作であることを疑いません（私にはもう一つ大江の最高傑作があります。最晩年の作品である『水死』です。『水死』については第十章で詳述します）。

しかし、「飼育」と『万延元年のフットボール』に挟まれた十年間、大江にとって苦しい模索の時期が続きました。もちろん、この間にも多くの作品が発表されていて、特に「文學界」の一九六一年一月号、二月号に分載された「セヴンティーン」、一九六四年八月に新潮社から書下ろしで刊行された『個人的な体験』は重要ですが、いずれも作家として生きてゆくことの困難を大江に突き付ける作品でもありました。

その詳細について、本章ではまず「セヴンティーン」を取り上げて考察したいと思いますが、その前後に発表された二つの作品についても簡単に触れておきましょう。それは『芽むしり仔撃ち』（一九五八年）と「性的人間」（一九六三年）です。

『芽むしり仔撃ち』を愛読していた友人

私は大学受験に失敗し一年間浪人生活を送りました。その時、予備校で知り合った友人が、「俺の一番好きな小説はこれなんだ」と囁いて、人目をはばかるようにしてある文庫本を見せてくれました。『芽むしり仔撃ち』でした。彼の勧めにより、私も読んでみましたが、後にも述べるように、それは私にとって二番目の大江体験でした。

その内容は、太平洋戦争末期、感化院（非行少年などを教育するための施設）の少年たちが山中に集団疎開しますが、疾病が流行すると村人は唯一の交通路を遮断して逃げ出し、少年たちだけが取り残されるというものです。彼らは生きるために仕方なく、村人の家から食料を略奪します。一人の少年（南）がこう言います。

「俺は、こんなつまらねえ盗みをやったことがない」と彼は口惜しがっていった。

「あすこんとこの具合はどうなんだ」と僕は窃盗のたびにすばらしい勃起を経験するということを日常の誇りにしてる南へ叫びかえした。

「女の子の人形みたいに、ぐったりしてやがんの」

ところがある日突然人々が帰村し、村長は「お前らが、俺たちの留守の間にやったこと、その一つだけでもお前らは殴り殺されていい」と宣告します。そしてこう続けます。

「明日の朝、お前たちの感化院の教官が残りの生徒を連れて到着する、そして正式の疎開生活が始まる」と村長が僕らに硬い眼をそそぎながら、しかし穏和な声でいった。

「俺たちは教官にお前らの悪事を通告しないことにしてやる。そのかわりお前らにもいうことがある。お前らは村についてから、ごくふつうの生活をしたことにする。村には疫病は流行しなかった。村の人間は避難しなかった。そういうことにする。それの方が面倒がなくていい。わかったな」

しかし、「僕」がその提案を拒否すると、激怒した村長は、

「いいか、お前のような奴は、子供の時分に締めころしたほうがいいんだ。出来ぞこないは小さいときにひねりつぶす。俺たちは百姓だ、悪い芽は始めにむしり取ってしまう「……」いいか、おい？　俺たちはな」と村長は喚いた。「お前を崖から追い落すこともできるんだぞ、お前を殺して誰一人それをとがめる奴はいないぞ」

彼は短く白髪を刈りこんだ頭を振り、怒りにみちた声で叫んだ。

「お前たち、俺がこいつを殺してそれを巡査にうったえるものがいるか？」

首をしめつけられてのけぞった僕のまえで僕の仲間たちはおびえて黙りこみ僕を裏切った。

「分ったか、おい、これでわかったか」

しかし、「僕」はただ一人、最後まで抵抗する。そして、殺されることこそ免れたものの、村を追放されるところで、小説は終わります。

『芽むしり仔撃ち』は大江の初の長篇小説です。舞台設定は「飼育」と似ていて、やはり大江自身の故郷を思わせる山村での出来事で、時期は太平洋戦争末期。

しかし、正直なところ、読後の私の印象はあまり良いものではありませんでした。浪人生にとって、日常的に感じていた圧迫感を小説の中で追体験しても面白いはずがありません。この作品は「奇妙な仕事」や「死者の奢り」で描かれた不条理な閉塞状態を、東京ではなく山村に無理やり移して表現したもので、後年、私が「飼育」を読んだ時に覚えたような異様な興奮を喚起するものを、そこに感じ取ることは出来ませんでした。なぜ友人がこの本を愛読したのか不思議に思いましたが、今振り返れば、村を追い出された「僕」に、上京した自分自身を重ねていたのかもしれません。

「セヴンティーン」の詫び状

しかし、そうだとすれば友人も東京で浪人生活を続ける以上、いずれは不条理な閉塞感を、追放前の山村ではなく、追放後の東京において描き、かつ、その閉塞状態を突き破る力を備えた作品に惹かれてゆくはずです。事実、彼はしばらくしてから、「今、読んでる本は、これなんだよ」と言って、別の文庫本を示してくれました。それは新潮文庫の『性的人間』という作品集で、なかでも彼が特に気に入って繰り返し読み、私にも読むように勧めたのは、そこに収録されていた「セヴンティーン」でした。

ここで私は一つ告白しなければなりませんが、実は私の人生初の大江体験は新潮文庫の『性的人間』で、同書に「セヴンティーン」という作品が収められていることも既に知っていました。しかし、ある理由から、私は表題作の「性的人間」に目を通しただけで本を閉じ（その理由は後述します）、友人に勧められても、あらためて手に取ることがありませんでした。もしあの時「セヴンティーン」も読んでいたら、その後の私の人生は少なからず変わっていたと思います。

「セヴンティーン」についてはその発表をめぐって複雑な経緯があるので、まずはこれを整理しておきましょう。一九六〇年十月十二日、日本社会党党首（日本社会党中央執行委員会委員長）の浅沼稲次郎が十七歳の右翼少年・山口二矢《おとや》に刺殺されます。大江の「セヴンティーン」はこの事件に触発されて書かれたもので、先述のように前半が「文學界」の一九六一年一月号に、「政治少年死す（セヴンティーン第二部）」と題する後半が二月号に掲載されました。二矢は十一月二日に東京少年鑑別所で首吊り自殺、「文學界」の一九六一年一月号が店頭に並んだのは、およそ一か月後の十二月十日頃です。

ところが、ちょうど「中央公論」の一九六〇年十二月号（発売日は十一月十日）に深沢七郎の「風流夢譚」が掲載され、皇族処刑の場面が描かれていたなどの理由で、右翼団体が激しく抗議しました。一九六一年二月一日には、右翼少年の小森一孝が、中央公論社社長の嶋中鵬二宅において家政婦を刺殺、社長は不在でしたが、夫人が重傷を負う事件が起こります。大江自身と「文學界」を発行している文藝春秋にも、殺害予告が届きました。

　すると、「文學界」の三月号には、大江には無断で次のような詫び状が掲載されることになりました。

　小誌一、二月号所載大江健三郎氏「セヴンティーン」は山口二矢氏の事件にヒントを得て、現代の十代後半の人間の政治理念の左右の流れを虚構の形をとり創作化し、氏の抱く文学理念を展開したものである。が、しかし、右作品中、虚構であるとはいえ、その根拠になった山口氏及び防共挺身隊、全アジア反共青年連盟並びに関係団体に御迷惑を与えたことは卒直に認め深くお詫びする次第である。

　昭和三十六年一月二十日

文學界編集長

小林米紀

以後、「セヴンティーン」の前半は『性的人間』などに収録されたものの、後半は二〇一八年七月刊行の『大江健三郎全小説3』（講談社）に収められるまで、公式には封印されることになりました。私自身は、「風流夢譚」とともに「政治少年死す（セヴンティーン第二部）」を再掲載した「スキャンダル大戦争」第二号（二〇〇二年九月）で遅まきながらはじめて読みましたが、私から見れば、この作品は、しばしば指摘されるように天皇を侮辱し、右翼思想を批判するものであるどころか、逆に天皇を求める大江自身の思い、むしろ天皇への偏愛を告白するものとしか思えませんでした。

よお、少年右翼、おれを刺すんだろ

「セヴンティーン」の内容を見てみましょう。冒頭、浴室で「十七歳になってはじめての自瀆」をした「おれ」は、脱衣場の鏡の中に、「黄色い光のなかに裸でしょんぼり立っている独りぼっちのおれ」を見出します。そして、こう考えます。

ああ、おれのことを、他人どもは、あいつは自瀆常習者だ、あの顔の色やら眼のにごりを見ろよなどといって、厭らしいものでも見るように唾を吐いて見ているのだろう。殺してやりたい、機関銃でどいつもこいつも、みな殺しにしてやりたい。おれは声にだしてそういってみた、《殺してやりたい、機関銃でどいつもこいつも、みな殺しにしてやりたい、ああ、おれに機関銃があったらなあ！》

その翌日の高校の体育の時間、「おれ」は八〇〇メートル走の途中で小便を漏らすという失態を演じますが、その後、クラスメートの一人から、「《右》のサクラをやらないか、よう？」と声をかけられます。右翼の頭領である逆《さか》木《き》原《ばら》国彦の演説会において、支援者を装って歓声を上げたり反対者を恫喝したりする日雇いアルバイトの誘いでした。ところが、実際にその講演会に参加した「おれ」は、「以前それにかかることのあった、ヒステリー質の視覚異常」に襲われます。

暗黒の淵に夕暮の大都会は沈みこみ、暗黒な金泥をぬりこめた墨のように光輝をふくんでおり、そして夜明けの太陽が燦然とそこから現れた、黄金の人間だ、神だ、天皇陛下だとおれは感じた。

右は、本来なら読点ごとに改行されるべき詩が、強制的に散文として記述されたものと見ることが出来ます。そんな特殊な表現によって、「おれ」を襲う異様な心理、知覚状態が、生々しく描き出されます。こうして、「おれ」は右翼団体に正式に入党し、本部に住み込みます。そして逆木原に金を与えられてトルコ風呂に行き（懐かしい響きです。今ではソープランドと言います）、「激烈なオルガスムの快感におそわれ、また暗黒の空にうかぶ黄金の人間」を見ます。それこそ、「燦然たる太陽の天皇陛下」でした。この情景を、エリオットの詩を織り交ぜながら大江は描写しています。ここまでが、前半です。

後半、「おれ」は「原爆記念日を左翼どもからまもれ！」という思いから、仲間とともに広島に向かいます。

米帝打倒？　くそっ、くそっ、軍事条約を認めない？　くそっ、くそっ、会場に殴りこめ！　四千人の全学連を蹴ちらせ！　くそっ、原爆ゆるすまじ？　くそっ、二度とあやまちはくりかえしません？　くそっ、死の灰はもうごめんだ？　くそっ、下げビラを破きすてろ！　赤のやつらを殴りつけろ！

「おれ」は、広島で行われたテレビ座談会で皇道党（「おれ」の属する右翼団体）を批判した若手作家・南原征四郎を見つけ出し、「貴様をいつか必ず刺す」と脅しますが、その夜、キャバレエで豚のように泥酔した南原と偶然再会します。「**おまえ**は下向きだ、輝かしいオルガスムのような上向きはおれだ」と「おれ」は考えます。しかし、酔った豚は執拗に挑発してきます。

「よお、少年右翼、おれを刺すんだろ、いまやってくれよ、なあ、酔ってると痛くないんだぞ、そのかわり明日の宿酔はもの凄いがなあ、あはは」と豚はからみつづける。
「おれは貴様のようなげすは刺さない。貴様はどうせ腐って死ぬ。おれは大物を刺す、おれは売国奴を刺す」とおれは答えた。

ところが、南原は不意に眠ってしまったので、「おれ」は唾を吐きかけてその場を去ります。帰京し、皇道党を退会して一匹狼になった「おれ」は、ついに演説中の委員長に走り寄って刺殺する。ただちに捕らえられ、取調べ後に東京少年鑑別所に移送されますが、独房で再び「ヒステリー質の視覚異常」に襲われます。そして、自身が「十倍の重み、十倍の巨きさ」に膨張したように実感して、「**天皇よ、天皇よ！　天皇よ！**」という叫びとともに命を絶つのです。小説は、自決を告げる「死亡広告」の掲載をもって幕を閉じます。

純粋天皇の胎水しぶく暗黒星雲を下降する永久運動体が憂い顔のセヴンティーンを捕獲した八時十八分に隣りの独房では幼女強制猥せつで練鑑にきた若者がかすかにオルガスムの呻きを聞いて涙ぐんだという
ああ、なんていい……
愛しい愛しいセヴンティーン
絞死体をひきずりおろした中年の警官は精液の匂いをかいだという……

垂直のオルガスム

先に私は『芽むしり仔撃ち』について、「奇妙な仕事」や「死者の奢り」で描かれた不条理な閉塞状態を、東京ではなく山村に無理やり移して表現したものだと述べました。「セヴンティーン」においては、この構造が逆転しています。すなわち、「飼育」の「水遊び」の場面で描かれたエロチシズムが、閉塞感に満ちているはずの東京で実現するのです。そんな不可能を可能たらしめたものは何でしょうか？　それこそ天に輝く純粋天皇の存在に他なりません。「おれ」はその純粋天皇と垂直に繋がることによって、至高のオルガスムに達するのです。そうだとすれば、「セヴンティーン」に描かれる天皇は、右翼少年・山口二矢の天皇観をなぞったものである以上に、大江の創造する作品世界が要請するものではないでしょうか。大江は、読者がこのオルガスムを共有するように執拗に促してきます（少なくとも私にはそう思われます）。『芽むしり仔撃ち』が成功した作品だと私には思えませんが、「セヴンティーン」については、これを大江の傑作の一つに数えたいと思うのは、以上の理由によります。

とはいえ、これを書いたことによって、作者大江に未来に向けての展望が開かれたかと言えば、そうとも思えないのです。文学世界を貫く上下相反する力は確かにここでも描かれますが、純粋天皇を志向する「おれ」（大江は「おれ」を理想的な自画像と考えて、これに同一化しているように、私には見えます）の上昇力と、泥酔して眠る南原征四郎（これも大江の分身ですが戯画化されています。ちなみに征四郎は大江の実弟の名前でもあります）の下降力とは相殺し、結局のところ精液を垂らした「おれ」の絞死体に帰着するより他ないからです。

先にも述べたように、「政治少年死す（セヴンティーン第二部）」は、「文學界」編集長の「詫び状」によって以後封印されます。しかし、右の事情を踏まえるなら、「詫び状」に先立って作品内容自体が行き詰まっており、作家として生きてゆくことの困難を大江その人に突き付けているというのが、私の正直な思いです（予備校の友人が「政治少年死す」についてどう考えたのか、そもそもこれを読んだのか、残念ながら確かめる機会はありませんでした）。

さらに、大江は厄介な問題を抱え込むことになりました。このような天皇の描かれ方は、先にも述べたように大江その人の天皇への偏愛を示すものではないだろうか。複雑に屈折し、エロチシズムと密接に関わるこの天皇と、これからどう向き合ってゆけばよいのでしょう。一般に大江は天皇制の批判者とされますが、話はそう単純ではありません。これは大江文学を貫く最重要課題の一つです。予告しておくなら、この問題は『万延元年のフットボール』

以降、繰り返し繰り返し問われ続け、最晩年の『水死』において、ようやく真の解決に向かうというのが私の考えです。

M・Iさんの思い出

大江における天皇の問題は複雑で簡単に答えは出せませんが、次章以降もたびたび言及するので、今はいったん話題を変え、「性的人間」について触れておきたいと思います。

私が最初に手にした大江の作品は、「性的人間」でした。この作品は、一九六三年五月号の雑誌「新潮」に掲載されたものですが、私が読んだのは先にも述べたように新潮文庫版です。

小説の筋は前半後半で二つに分かれています。前半は、鉄鋼会社の社長の息子で芸術的なパトロン趣味を持つ青年Jや仲間たちが山荘で乱痴気騒ぎをする話、後半はJが新しい仲間と痴漢クラブを作る話です。その結末でJは、クラブの少年の自殺と妻の不倫をきっかけに生活を一新しようと考え、父の勧めに従って、鉄鋼会社のアメリカの新工場で働くことにします。ところが、そう決めて丸の内の本社ビルの社長室からエレベーターで降りてくると、

Ｊはそのまま地下鉄の階段を跳ぶように走り降りて車両に乗ってしまう。そして、一人の娘の背後に迫るのでした。

　かれは眼を硬くつむり雉子《きじ》のように肥って抵抗感のある娘の尻のあいだのひめやかに熱い窪みに裸の性器をくりかえしこすりつけた。たちまちかれは後退不能の一歩を踏みだそうとしている自分を感じた。新生活、自己欺瞞のない新しい生活、かれは赤く燃える頭のなかで小さな呻き声をあげそのままオルガスムにたっした。外部のすべてのどよめきが蘇った。かれの精液はもうぬぐいがたく確実に娘の外套を汚しひとつの証拠として実在していた。

　高校生、正確な時期が思い出せないのですが確か二年生の時です。私は勉強の出来ない、三島由紀夫や安部公房を読み始めていた不登校気味の生徒でしたが、たまたま教室で隣の席になったＭ・Ｉさんという女子が、熱心に本を読んでいました。盗み見ると「性的人間」のちょうど右の箇所でした。それで私もその本を買ってみたのです（右の引用の文章は『大江健三郎全小説３』では少し異なるのですが、ここでは高校時代に私が読んだ新潮文庫から引きました）。

　読後、言葉にするのが難しいのですが、私は強い抵抗を感じました。衝動を制御出来ないＪに対する軽蔑も覚えました。しかし、道徳的、倫理的に話の内容に反感を抱いたわけではまったくなく、むしろこういう事件が起こりうるとしたら、自分もまたどんな反社会的なことを仕出かしてしまうか、いつ衝動を制御するブレーキが壊れてしまうか（もともとそんなブレーキなど無いのではないか）、それが怖かったのだと思います。先に、もしあの時「セヴンティーン」も読んでいたら、その後の私の人生は少なからず変わっていたかもしれないと書きましたが、「性的人間」を読んでしまった私は、自分の心理を整えるのに苦労しました。それは、自分には「人生が少なからず変わる」という程度には収まらない事件を起こしてしまう恐れがあるという恐怖です。私は文庫本を視界の外に追いやりました。もちろん、このことについて私はＭ・Ｉさんには、何も言いませんでしたが。

　後年私は、三島由紀夫が大江との対談「現代作家はかく考える」（「群像」一九六四年九月号）でＪの衝動をとりあげ、「どんなサラリーマンの心の底にもひそんでいる人間の真実」と言っているのを読んで奇妙な安心感を得ました。高校、浪人時代の私が大江から意図して離れ、その後も熱心な大江読者とは言えなかったことは、当時の精神衛生にとって必須のことだったと今も思っています。

「性的人間」においても、上下相反する力が働いているように見えます。しかし、Jには上昇力の根源的な核となる純粋天皇が欠けている。すると、彼は社長室から地下鉄まで真っ逆さまに転落し、本来なら上昇のイメージと結び付くはずの射精とともに、他者を汚し、自身は破滅する。

Jが私に憑依して、自分もそんなことを仕出かしてしまうのではないか。

本書の「はじめに」で紹介したように、大江のノーベル賞受賞理由のキーワードに、その作品がdisconcerting、すなわち読者の心を不穏に掻き乱すという文言がありましたが、「性的人間」も、まさにそのような作品だったのです。

第三章

アナルセックスと赤ん坊殺し

――『個人的な体験』『ヒロシマ・ノート』

一部の読者にとっては……

一九六四年八月に書下ろしで刊行された『個人的な体験』は、よく知られるように、「性的人間」発表直後の一九六三年六月、長男の光さん（私より三か月年長です）を得た大江自身の「個人的な体験」に基づいています。光さんは、脳に深刻な障害を抱えていました。

光さんの主題は、大江文学の根幹を形作る要素の一つで、『個人的な体験』はその核心に位置する重要作品です。障害児の父となるという事態を、いかに受けとめるべきか。その不安、その恐怖、その希望……、こうした経緯をつぶさに描いたこの作品は、日本文学の新しい世界を切り開くものとして高い評価を得て、新潮社文学賞を受賞しました。わずか四年後の一九六八年に刊行されたジョン・ネイスンによる英訳 *A Personal Matter* も海外で大きな反響を呼び、後のノーベル賞受賞を用意することになります。

その一方で、作品世界が孕む深刻な矛盾点も見逃すわけにはゆきません。特に、終盤に至るまでの展開と比べて、いかにもとってつけたように見える楽観的な結末は、三島由紀夫をはじめ多くの人から厳しく批判され、大江自身、後に書下ろし小説『懐かしい年への手紙』（一九八七年）で、「ギー兄さん」からの手紙という形で改稿案を示しているほどです（結局のところ、その案を主人公の「僕」は拒むのですが）。

私の考えによれば、『個人的な体験』という作品の持つその歪みは、時期的に重なりあうようにして書かれた『ヒロシマ・ノート』（岩波新書、一九六五年六月）の持つ歪みに正確に対応しています。日本の反核運動、平和運動の聖典の一つとして重要な位置を占める同書が、『個人的な体験』とどう関わるのか。私がこれから書くことは、一部の大江読者にとって受け入れがたい内容になるかもしれませんが、あえてこの部分にメスを入れないと、大江文学を真に理解したことにはならず、『万延元年のフットボール』やその後の作品の本質を評価しそこなうことにもなると思います。

頭蓋骨から脳の内容がはみだしてしまったんですな

鳥《バード》と呼ばれる『個人的な体験』の主人公が、赤ん坊に異常があるとの連絡を受けて病院に駈けつけ、院長から説明を受ける場面から見てみましょう。

「脳ヘルニアです、頭蓋骨の欠損《ディフェクト》から、脳の内容がはみだしてしまったんですな。わたしが結婚してこの病院を建てて初めてのケースです。非常に珍しいケースで、じつに驚きましたよ！」

　脳ヘルニア、と鳥《バード》は考えてみようとしたがなにひとつ具体的なイメージを思いえがくことはできない。

「そういう、脳ヘルニアの赤んぼうが正常に育つ希望はあるんでしょうか？」と鳥《バード》は茫然としてまとまりのない気分のまま訊ねていた。

「正常に育つ希望！」と院長は不意に声を荒あらしく高めて憤激したようにいった。

「脳ヘルニアですよ。頭蓋骨を切りとって、はみでている脳を押しこんだとしても、植物級の人間になれたら最も好運なくらいのものです。」

　さらに院長は、「それで、どうします？」と問いかけます。快癒の可能性がないのを承知であえて手術するか、それとも自然な衰弱死を待つか、その選択を聞いているわけです。

　事態の深刻さゆえ鳥《バード》は思考停止に陥り、まだ病院のベッドに横たわっている妻に詳しい事情を話すことも出来ず、逃げるように大学時代の女友だちである火見子の家を訪ねます。

　そこでしこたま酒を飲み、翌朝、二日酔いのまま、勤務先の予備校で講義を行うのですが、その途中で嘔吐してしまいました。

滑稽でせっぱつまった五秒間の沈黙。それから鳥《バード》は両膝をついてくずおれ、泥まみれの床に蛙のように指をひろげた両掌をついて、呻きたてながら吐きはじめた。鳥《バード》は、嘔吐する猫さながら、首をまっすぐつきだして吐いていた。〔……〕かれは涙をこぼし、鼻の両脇をぬるぬる濡らして、憐れげにじっと自分の吐瀉物の水たまりを見おろしていた。いちめんに淡い赭土《あかつち》色をしたなかに鮮烈な黄色のレモン滓がちらばっている水たまり。荒涼と素枯れた季節にセスナ機で低空飛行すれば、アフリカの大草原は、このような色彩を呈するかもしれない、これらのレモン滓のかげに犀《さい》やアリクイや野生の山羊がひそんでいるわけだ。落下傘をつけ銃をだきしめバッタのように大急ぎでばらばらと跳びおりる……

　こんな状況にありながら、鳥《バード》は一瞬のうちにアフリカの大草原を見下ろす地点にまで上昇し、そしてそこから大胆に飛び降りる。ここには、こういう形で上下相反する力が描かれています。しかし、それは鳥《バード》の脳内の哀れな夢想に過ぎず、実際には彼ははいつくばって吐いているわけです。しかも、一人の生徒が、「かれの吐瀉物にむかって、嘔吐した時の鳥《バード》とおなじく四つん這いになり匂いをかいで」、「アルコールの匂いがする。おまえは二日酔だ、理事長にジキソして、おまえを馘にしてやるぞ！」と叫び、その結果、鳥《バード》は退職することになります。

一方、赤ん坊はなかなか衰弱しません。障害児を育てる重荷を免れたいという思いから、鳥《バード》は医師と相談して、ミルクの量を減らしたり、ミルクの代わりに砂糖水を与えて様子を見ることにします。実のところ、それは殺人計画です。その心理的葛藤、エゴイズムへの自己嫌悪、いやむしろ自分がエゴイストになりうることの自己証明のために、鳥《バード》は「最も反社会的な性交」として火見子に対してアナルセックスを行います。

> 女のオルガスムに気をつかい、妊娠後の責任を登録しながら性交する、それはわざわざ自分に頸《くび》かせをかけるべく裸の尻をふりたてて奮闘することだ。おれはいま女をもっとも汚辱にみちたやりかたで蹂躙しているのだ、と燃える頭の奥で鳥《バード》は鬨《とき》の声をあげた。おれは、ありとある最も卑劣なことをやってのけられる人間だ。おれは恥のかたまりだ、おれのペニスがいまふれている熱いかたまりこそがおれだ、と鳥《バード》は考え、そして眼も

昏《くら》むほど激甚なオルガスムにおそわれた。

　しかし、その後も赤ん坊は衰弱せず、医師は手術を勧めますが、鳥《バード》は妻には何も知らせずに赤ん坊を連れ出し、火見子とともに秘密の堕胎医に処置を頼みます。アナルセックスは妊娠を避けるという意味であらかじめの赤ん坊殺しであり、そうだとすれば、赤ん坊殺しは逆回しで演じられるアナルセックスという意味を帯びるでしょう。それは、「性的人間」のJが娘の尻に性器をこすりつける場面の延長上にあるとも言え、さらに遡って、「奇妙な仕事」や「死者の奢り」の「僕」は、こういう地点に辿り着かざるをえなかったと解釈することも出来ます。これまでの大江の文学活動の帰着点、それは赤ん坊殺しとアナルセックスだったのです。

ヒロシマの「希望」と「忍耐」

　ところが、小説の最後の場面で物語の流れが反転します。鳥《バード》は妻と離婚して火見子とアフリカに行くという約束をしていたのですが、これを突如破り、赤ん坊を堕胎医から奪い返して手術を受けさせることにするのです。小説では、ここでアスタリスク（＊の印）が入り、その後、赤ん坊が退院する場面にジャンプします。それによれば、手術の結果、脳ヘルニアという診断は誤りで、頭蓋骨の欠損は軽微なものだったことがわかりました。とはいえ、障害が残る可能性ももちろんあります。鳥《バード》は、スラヴ語を教えてくれていたデルチェフさんからプレゼントされた辞書の扉の「希望」という意味の献辞と、その辞書の中の「忍耐」という語を支えにして、そんなわが子とともに生きる決意を固めるのです。

　この結末に対して三島由紀夫は、「暗いシナリオに「明るい結末を与えなくちゃいかんよ」と命令する映画会社の重役みたいなものが氏の心に住んでいるのではあるまいか」として、大江の創作姿勢を批判しました（「週刊読書人」の書評）。先に、とってつけたような楽観的な結末に対する批判があると言ったのは、このことです。確かに、赤ん坊殺しとアナルセックスという結末は暗澹たるものです。しかし、大江の作品世界には、そのようなエンディングに至る必然性があったのではないでしょうか。あまりにも性急に、大江がこれに蓋をしようとしている印象は否めません。現に光さんを得て、光さんとの共生、家族とともに生きることを決意した大江自身がこの結論を選択した思いは充分に理解出来ますが、しかし作品の論理から見れば、ここに一種の歪みを指摘しないわけにはゆきません。まやかし、偽善と言うことも出来ます。

ここで注目すべきは、この「希望」と「忍耐」という語が、『ヒロシマ・ノート』においてもキーワードとして繰り返し登場していることです。一例をあげるなら、広島原爆病院の初代院長を務めた重藤《しげとう》文夫は、自身も被爆したその直後から被爆者の治療にあたりましたが、原爆病との闘いに「希望がほの見えることがあっても、それはやがて新しい悲惨の兆候によってくつがえされた」といいます。ところが、それにもかかわらず、彼は「広島の悲惨を正面からひきうけて忍耐し、持続しつづけている広島の医師たちの、ひとつの典型」（いずれも傍点は引用者）になりました。そんな重藤のことを、大江は「広島的な人間」の一人と考えます。ここに、『個人的な体験』と『ヒロシマ・ノート』との符合を認めることが出来ますが、いったい二つの著作は、どんな関係で結ばれているのでしょうか。

『ヒロシマ・ノート』はどのように書かれ、何を主張しているのか

この問題を考える前に、『ヒロシマ・ノート』の成立経緯を見ておきましょう。

大江がはじめて広島を訪れたのは一九六〇年の夏の原爆記念祭で、その経験は「セヴンティーン」の若手作家・南原征四郎の造型に反映しています。しかし、『ヒロシマ・ノート』に描かれる最初の広島訪問は、一九六三年八月、それは光さんが生まれた直後になります。岩波新書の『ヒロシマ・ノート』巻頭に置かれた「プロローグ　広島へ……」の表現に従うなら、「自分の最初の息子が瀕死の状態でガラス箱のなかに横たわったまま恢復のみこみはまったくたたない」状態の時でした。

一九六三年の広島訪問は、八月五日にアメリカ、イギリス、ソ連の三か国により部分的核実験禁止条約（Partial Test Ban Treaty、当時は部分核停と呼ばれました）が結ばれたのと同時期に開催された第九回原水爆禁止世界大会を取材するためのものでした。この世界大会は混乱を極めました。なぜなら、モスクワで調印された右の条約は、大気圏内における核実験の禁止を謳いましたが、核兵器開発に遅れをとっていたフランス、中国の立場から言えば、米、

英、ソ連という三か国による核兵器独占条約に他ならず、広島の原水爆禁止世界大会も、条約を肯定するか（社会党・総評系のグループ）、否定するか（日本共産党系のグループ）の立場の違いから分裂してしまったからです。大江はその様子を、岩波書店の雑誌「世界」の十月号で「広島　一九六三年夏」と題して報告しました。この時、「世界」の編集者で、一九九〇年には岩波書店社長になる安江良介が取材に同行していますが、この記事は後に『ヒロシマ・ノート』に「Ⅰ　広島への最初の旅」と改題、収録されました。同書ⅡからⅦに相当する部分は、「世界」の一九六四年十月号から翌六五年三月号にかけて初出掲載されます。これに、先に触れた「プロローグ　広島へ……」、さらに「エピローグ　広島から……」を加えて岩波新書『ヒロシマ・ノート』が刊行されたのが、一九六五年六月でした。

　それでは同書のもっとも基本的な主張についても確認しておきましょう。

　成立経緯からも察せられるように、『ヒロシマ・ノート』の内容は、ⅠとⅡ〜Ⅶとの間に断層、ないし歪みが認められます。Ⅰの原水爆禁止世界大会のレポートでは、大会に混乱と分裂をもたらした部分的核実験禁止条約をめぐって、大江は次のように書きます。

> 平和公園を出るところでアカハタを買う。それではじめて僕は、日共が部分核停の全

面否定に踏みきったことを知る。おなじ時間にモスクワで条約は調印されている。僕は平和公園の周辺にもどってくるたびに激しい政治の匂いをかぐ。

日共は日本共産党の略称で「アカハタ」はその機関紙です。既述のように、共産党は部分的核実験禁止条約は核兵器先進国による核独占を狙ったものだとしてこれに反対するのですが、大江はそのことを言っているのです。彼はただ「政治の匂い」と表現するのみで、それ以上この問題を掘り下げることはしませんが、条約への対応をめぐって紛糾する大会の状況自体は、よく捉え描いています。次の例を見てください。倫理学者の森滝市郎は原水爆禁止広島県協議会（広島県原水協）の代表理事で、事態を収拾出来なくなった原水爆禁止日本協議会（日本原水協）から、急遽、大会運営を任されました。

森滝代表理事は疲労している。かれは最後の力をふりしぼる、統一と団結が強調されて基調報告がむすばれる。拍手は弱よわしく短い。老哲学者はこの時はまだ、総評、社会党系の代表たちがこの大会を見棄ててしまっていることを知らない。かれはやがてそれを知り裏切られたと感じるだろう。

では、一年を経て発表されたⅡ以降はどうでしょうか。そこでは、もはや部分核停も大会の分裂もほとんど話題になりません。代わって繰り返し登場するのは、重藤文夫と並ぶ「広島的な人間」の一人とされる金井利博です。「中国新聞」の論説委員を務める金井はあるプランを持っていて、それは「被災の人間的悲惨について、世界中の人に周知徹底」し、同時に「未解決の被爆者問題の調査、健康管理、救援の方策」を求めるために、「原水爆被災白書を日本政府に作製させ、これを国連機関を通じて世界に広報する」というものでした。（この白書自体は今に至るまで刊行されていませんが）大江はこれに深く賛同し、『ヒロシマ・ノート』の「エピローグ」を、次のような言葉で締めくくります。

> 僕は原水爆被災白書の運動に参加する。そして僕は、重藤原爆病院長をはじめとする、真に広島の思想を体現する人々、決して絶望せず、しかも決して過度の希望をもたず、いかなる状況においても屈伏しないで、日々の仕事をつづけている人々、僕がもっとも正統的な原爆後の日本人とみなす人々に連帯したいと考えるのである。

以上のことから、『ヒロシマ・ノート』の基本的主張については、次のようにまとめることが出来ます。すなわち、部分核停の問題や大会の分裂といった事実、あえて言うならその醜悪な現実に目を向けるよりも、「広島的な人間」とともに原水爆被災白書の運動を推進しようとすること。ここで私たちは気づかされます。この構図は、赤ん坊殺しとアナルセックスへの志向には蓋をして、「希望」と「忍耐」という言葉を胸に生きてゆこうとする『個人的な体験』の鳥《バード》の生き方にぴったり重なる、ということに。

アトミック・エイジの守護神

もちろん、部分核停や大会の分裂と、赤ん坊殺し、アナルセックスとはまったく次元の異なる話なので、これを一緒くたに扱うのは乱暴だとも言えましょう。それは当然の意見ですが、しかし、大江にとってこれらは、同じ一つの事象の異なる側面だったのではないかと考えさせる短篇小説があります。雑誌「群像」の一九六四年一月号に掲載された「アトミック・エイジの守護神」です。

これは、一見したところでは被爆による異常が認められない原爆孤児の十人の少年たちを養子に迎えて共に暮らしている中年男の話です。本来なら国家が責任をもって実践すべき補償事業を個人の立場で行う彼の人道主義的な振る舞いは、「アトミック・エイジの守護神」として新聞でも報道され称賛されます。ところが、彼は自分自身を受取人にして少年たちに生命保険を掛けていて、既に三名は被爆による白血病で、一人は事故で亡くなったため、これまでに千二百万円を手にして土地を買ったりしていたのでした。その中年男は、「利益率の高い家畜として、それら十人の少年たちをひきとったというべきではないか？」。そういう見方があることを知った小説家の「ぼく」は、その問題の男と養子たちに取材する。これがこの小説の大まかな流れです。

「ぼく」に向かって中年男は語ります。

「本当にわたしはあの子たちを愛しているんですわ。それで、あの子たちの誰かが白血病にかかったと知ると、それは地獄の苦しみなんですわ。白血病というものはねえ、恐ろしいですよ。いったんそれにとりつかれると、もうだめなんですねえ、血液の癌といわれるくらいなんですからねえ」

彼はそう言って微笑しますが、「濡れた唇を噛んで血をにじませ、その微笑をおし殺し」、「あの子たちが、これからも次つぎ死んでゆくかと思うと、本当に恐怖におそわれますよ」と訴えます。さらに彼の所に届くという脅迫状についてこう述べます。

> 脅迫状にはねえ、やがて残りのあの子たちもみんな死んで、十人の保険金の残金とこの地所とが全部わたしのものになる日がくるとくりかえし書いてあるんですよ。ああ、ああっ！　そういうことになったら、どうすればいいんでしょうねえ、恐ろしいことですわ。わたしは恐怖心と孤独感で気が狂うと思います。それではまったく、脅迫状がいうように、わたしがこの歯で原爆孤児の人肉をばりばり噛んで喰ったことになるからなあ！

「ぼく」は体調が悪くて寝込んでしまった中年男と別れ、購入した土地に彼が少年たちのために建てた道場に向かいます。皆、そこでボディビルをやっていました。

ぼくは屈強な裸のかれらを見て、ローマの体育場に建っていた、スポーツにはげむ青年たちの群像を思いだした。かれらのうち、踵に紐がまわしてある徒手体操用のトレーニング・パンツをはいている者たちが、とくに筋肉の発達状態も皮膚の桃色の輝やきもきわだって美事だった。ぼくはすでに質問すべき言葉をうしなった。

「ずいぶん立派に躰をつくったんですねえ」とぼくはいった。

「まあ、ねえ、みんな永くやってるから〔……〕それに、ぼくらはいつも白血病の不安にみまわれているでしょう？　だから、すくなくとも、躰の、眼にみえる部分だけでも、要塞みたいに頑丈にして、その不安に対抗しようとしているんですね」

「ええ」とぼくが相槌をうつと、

「しかし無意味ですよ。白血病には」と青年は微笑しながらもきっぱりといった。


「汗の匂いとともに、好ましい腋臭《わきが》」を匂わせる彼は、最後に驚くべきことを言います。

「〔……〕ぼくらは、二年ほどまえに、あの人からもらう小遣いをだしあって、あの人に生命保険をかけたんですよ、受取人はぼくら八人ということにして、もっとも、いま残っているのは六人だけど」と青年は、澄みわたって輝やく眼でぼくを見つめて微笑しながらいった。若い人間には時にその故郷の風物に似た表情をしめす瞬間があるものだ。この時、青年の眼はぼくに広島の真夏の青空のことを思いださせた。「そしていま、ぼくらはあの人が胃癌じゃないかと考えています。あの人についてとやかく噂はありますが、ぼくらは、あの人のことを本当に僕らの守護神だと信じていますよ」

以上がこの小説の概略です。ここには部分核停の問題、原水爆禁止世界大会の分裂という事態、赤ん坊殺しやアナルセックスというテーマは、直接的には何も語られていません。けれども、中年男と少年たちとの関係が、綺麗ごとではすまないヒロシマの現実の裏面を反映するとともに、ホモセクシャルな色彩を帯びていることは否定出来ず、そうだとすれば、そこに反核運動の暗部や、赤ん坊殺し、アナルセックスというテーマと相通ずるものを読み取ることも出来るはずです。『個人的な体験』と『ヒロシマ・ノート』のいわば積集合（交わり）の部分に、「アトミック・エイジの守護神」が位置していると見なすことも可能です。

白血病の恐怖に晒されながらも、少年たちは希望をもって明るく忍耐強く生きている。そんな希望や忍耐はまやかしであり偽善であると言うなら、確かにその通りでしょう。しかし、そうなると、『個人的な体験』の結末と同様に、『ヒロシマ・ノート』における原水爆被災白書の運動への強い共感も、まやかしであり偽善であることにならないでしょうか。本章の最初に、私がこれから書くことは、一部の大江読者にとって受け入れがたい内容になるかもしれないと述べたのは、このことを指しています。

前にも述べたように、光さんとの共生を決意した大江自身の立場に立てば、『個人的な体験』の結末はどうしてもこうでなければならないでしょう。また、原水爆被災白書の運動は決して否定されるべきではありませんし、運動に対する大江の強い共感も、疑うわけにはゆきません。しかし、その上であえて言わなければならないのは、ここに木に竹を接ぐような矛盾があることは否めず、そんな歪みを背負うことは、またしても小説家として生きてゆくことの困難さを大江に突き付けずにはいない、ということです。

ネイスンの名翻訳

ところが、こういう偽善は作家にとって必ずしもマイナスの意味しか持たないのではなく、むしろ執筆活動を強力に推し進める動力源にもなるというのが文学の恐ろしいところです。そのメカニズムは、『万延元年のフットボール』にも見て取ることが出来ますが、これについては次章で検討するので、今は話題を変えてジョン・ネイスンによる英訳 *A Personal Matter*（グローヴ・プレス、一九六八年）を取り上げたいと思います。ネイスンの訳業は、大江、そして日本文学の世界的受容と評価にとって、極めて大きな役割を果たしたからです。

既にネイスンは、三島由紀夫の『午後の曳航』の英訳（クノップ社、一九六五年）で成功を収め、三島は続けて、『絹と明察』の英訳もネイスンに頼んでいました。しかし、大江の新作を読んで感銘を受けたネイスンは、三島の依頼を断って、『個人的な体験』の翻訳に集中することになります（このため三島とネイスンとの関係が悪化したことはよく知られています）。

新型コロナウイルス感染症のパンデミック直前の二〇一九年秋、私はパリで開催された三島由紀夫シンポジウムではじめてネイスンに会い、魅力溢れるその存在に圧倒されました。その際ネイスンが、大江は一度文章を書いてから、酒を飲んで、酔った状態でわざと悪文に書き直したと話していたことが、強く印象に残っています。

今回私は本書を書くにあたって、メールやズームによって、あらためてネイスンにインタビューしました。まず、タイトルのネーミングですが、川端康成の翻訳で知られるエドワード・サイデンステッカーは「ニューヨーク・タイムズ」（一九六四年十月十八日）に「A Literary Letter from Japan（日本からの文学の手紙）」を寄稿した際、『個人的な体験』を

Individual Experience と訳しています。しかしネイスンは *A Personal Matter* というタイトルを採用しました。この点について尋ねると、ネイスンはトム・ソーヤが洞窟の中で金貨の入った箱を掘り当てた話を例に出しながら、大江はあくまでも個人の経験を描いているように見えるが、実は単なる主観の限界を越えた普遍的な意味 universal meaning を掘り当てようとしている。その野心的な意図を示すためには、a personal experience よりも a personal matter という表現の方が望ましいと説明してくれました。一方、individual experience という言い方は、そもそも英語として不自然だとも。

また、私がネイスンの訳文の中で特に魅了されたのは次の部分です。先に引用した、鳥《バード》が予備校で嘔吐する場面の最後の二文です。

Seen from a low-flying plane at a desolate and withered time of year, the plains of Africa might hue to these same colors: lurking in the shadow of those lemon dregs were hippo and anteaters and wild mountain goats. Strap on a parachute, grip your rifle, and leap out and down in grasshopper haste.

注目したいのは、原文では、「落下傘をつけ銃をだきしめバッタのように大急ぎでばらばらと跳びおりる……」となっているところが、訳文では「パラシュートを付けろ、ライフルを手に取れ、バッタのように急いで飛び降りろ」と命令形で表現され、しかも、strap、grip、leap というように p の音で終わる動詞が繰り返されることによって、アクティブなリズム感が生まれていることです。この時現実の鳥《バード》ははいつくばって吐いているのですが、脳内夢想においては彼は大胆な行動家なのです。そのことがネイスンの訳文によって、生き生きと表現されます。

そう伝えると、ネイスンは、この訳し方には自分でもとても自信があったと言いました。大江自身が同じ箇所を取り上げて称賛してくれたそうです。

右の二つの例からもわかるように、ネイスンの翻訳姿勢には、原文の本質を的確に表現するためであれば、辞書通りの訳文とは異なるスタイルをあえて創造的に用いることを厭わないところがあります。そういう例としてもう一つ挙げたいのは、火見子に対するアナルセックスの場面です。ここでは説明の便宜のために、二か所、私が太字にしました。

To worry about the woman's orgasm as you **screwed**, registering in your mind the responsibility for her after she was pregnant, was to do battle with your shuddering rear in order to put shackles around your own neck. Bird raised a war-cry at the back of his flaming head: I'm trampling a woman now in the most ignominious way! I'm capable of all that's meanest and most vile, I'm shame itself, the hot mass my penis is **rending** now is really me, he raged, and was smitten by an orgasm of such intensity that it made his head swim.

最初の太字である**screwed**は、もともとはネジで締め上げるという意味ですが、スラングとしては、fuck（ファックする）とほぼ同義です。ちなみに原文では、単に「性交する」となっています。二番目の**rending**は引き裂くという意味で、その部分を逆和訳するなら、「俺のペニスがいま引き裂いている熱い塊りは、まさに俺そのものだ」、という意味になります。熱い塊り（hot mass）とは糞便のことでしょう。一方、原文では「おれのペニスがいまふれている熱いかたまりこそがおれだ」となっています。いずれの場合も原語を逐語訳することよりも、状況全体の下品さ、醜悪さをより直接的に伝えることが優先されているのです。

このようなネイスンの翻訳は、たいへん大きな意味を持っていました。というのも、A

Personal Matter が刊行された一九六八年という時点では、日本文学と言えば幽玄とか神秘的といったイメージが強く（本書第八章ではこれを「あいまいさ《ヴエイグネス》の美学」と呼んで分析します）、それは同年にノーベル賞を受賞した川端康成の文学に対する評価と重なるものでしたが、ネイスンの訳文の躍動感と生々しさは、こうしたイメージを完全に覆すものだからです。大江が、先例のない異能の作家であることは、日本の読者にとってはむしろ当たり前の前提だったかもしれませんが、英語圏の読者にこのことを訴えるためには、型破りであると同時に本質を生き生きと伝える訳が必要でした。それは誰にでも出来ることではありません。ネイスンという優れた翻訳者を得て、はじめて可能になったのです。

『個人的な体験』のエンディング再考

ところで、『個人的な体験』のエンディングは不評でしたが、実は英訳に際しても、この部分が問題になりました。尾崎真理子を聞き手とするインタビュー『大江健三郎 作家自身を語る』（新潮社、二〇〇七年五月）には、「アメリカの出版社から英語版が出る時も、そこを書き直してもらいたいという申し出があった」とあり、それに対して「私は断りました。

そして現在に至っている」と大江は内実を明かしています。

ところが、結末に対する疑問を伝えたネイスンの手紙に対する大江の返信をネイスンは私に見せてくれましたが、それを読むと微妙にニュアンスが異なることがわかります。ネイスンの回想録『ニッポン放浪記』（前沢浩子訳、岩波書店、二〇一七年十一月。原著は二〇〇八年刊）でも紹介されていますが、大江はこういうことを書いています。

『個人的な体験』のラストには日本でもお手紙のような非難が集中しました。バーニーと相談された上で、結局それが良いと思われたなら、最後の＊マークより後をとって下さい。僕は、新しく書きなおす意志がありません。決定はあなたとバーニーにまかせます。

バーニーとは、グローヴ・プレスを率いた伝説の名編集者、D・H・ロレンスの『チャタレイ夫人の恋人』、ヘンリー・ミラーの『北回帰線』、ウィリアム・バロウズの『裸のランチ』など過激な性描写で物議をかもした作品を次々にアメリカ文学界に送ったことで知られるバーニー・ロセットのことですが、右の文面は結末を書き直さないという大江の気持ちが固かったことを物語る一方で、アスタリスク以降の部分が削除されることについても、一つの作品解釈として大江自身が受け入れていたことを示しています。

言い換えれば、作品の論理という観点から見て『個人的な体験』の結末部分に何ら矛盾がないとは大江自身も思っていなかったことが、ここから察せられます。しかし、この作品内矛盾が逆に、その後の執筆活動を推し進める隠れた動力源ともなったことは先にも述べた通りなので、やはりこの部分は削除すべきではないと私は考えます。

検討を繰り返した結果、ネイスンはアスタリスク以降も訳出しました。

削除しなくてよかった！　その後ネイスンは、繰り返しそう考えたといいます。

第四章

オレハ本当ノ事ヲイッタ

――『万延元年のフットボール』

時空の交錯

大江の作品史には、しばしば驚くべき飛躍を認めることが出来ます。「奇妙な仕事」、「死者の奢り」の二作品と「飼育」との間に飛躍があることは前にも述べましたが、一九六四年八月に書下ろしで刊行された『個人的な体験』と、一九六七年一月号から七月号にかけて雑誌「群像」に連載された『万延元年のフットボール』との間の隔たりの大きさは、その比ではありません。大江はこの小説によって、それまでの作品では分裂していた現在の東京と過去の地方山村という異なる時空間を交錯させます。現実と空想を織り交ぜながら、一九六〇年代の東京と過去、それも終戦前どころか万延元年（一八六〇年）の愛媛の山村とを、日本史と日本近代文学史、いやむしろ世界史かつ世界文学史的な文脈の中で捉え返すという離業をやってのけたのです。もっとも私自身は、初読の時はもちろん、再読、再々読の際にも、このことを充分には理解出来ませんでした。今回あらためて読み直すことで、『万延元年のフットボール』がいかに驚嘆すべき作品であるか、はじめて実感したように思います。大江はついに、その怪物的な本性を現わしました。

主人公は大学の英語講師を辞めて細々と翻訳を続けている根所蜜三郎（読者のストレスを

誘う奇怪な人物名については後で検討します）。子供は脳に障害があり、十時間に及ぶ手術の後、今は養護施設に預けられています。この設定は『個人的な体験』の鳥《バード》を引き継ぐものですが、『個人的な体験』では火見子の陰に隠れて目立たなかった主人公の妻が、ここでは菜採子という名を得て登場します（一九六七年に生まれた大江の長女の名前も菜採子といって「なつみこ」と読みますが、『万延元年のフットボール』の菜採子の読み方は明確に指示されていません）。彼女は今、アルコール中毒に陥ろうとしている。蜜三郎は友人の縊死にショックを受け、精神的な穴蔵に引き籠って生活している（実際、小説冒頭で彼は東京の自宅の浄化槽用の穴の中で膝を抱えて時を過ごします）。この行き詰った夫婦の前に、これまで何かにつけて蜜三郎と対立してきた弟の鷹四《たかし》がやって来て、ある誘いを持ちかけます。作中では明示されませんが、彼はおそらくブント（共産主義者同盟）に属して六〇年安保闘争を闘い、しかしこれを弾圧する側に寝返った後に渡米、放浪の末、帰国したのでした。そして、兄に向かって「端的にいえば、蜜はいま下向きだ、下降している感じだね」と言い放ち、さらにこう続けます。

「いま蜜が東京でやっているすべてのことを放棄して、おれと一緒に四国へ行かないか？　それは新生活のはじめ方として悪くないよ〔……〕おれはそのためにジェット機に乗って、時差の笊《ざる》で頭を漉《こ》されながら飛行してきたんだよ」

ここで気づくのは、従来の大江作品における垂直の方向性に、新たに水平の方向性が加えられていることです。

菜採子も四国行きに賛同し、三人は、鷹四を崇拝する若い二人（星男と桃子）とともに根所家の故郷の山村に向かいます。しかし、鷹四自身、これとは別に本当の目的を持っていました。第一に、かつて大庄屋として郷土の支配者だった根所家の倉屋敷を、現在の有力者として地域経済を支配する「スーパー・マーケットの天皇」と呼ばれる実業家に売却すること。この「天皇」は、倉屋敷を東京に移築して郷土料理屋を作ることを計画しているのです。しかし、それ以上に重要なのは、根所家の曾祖父の弟が、万延元年の百姓一揆の指導者となって自家を打ち毀して放火させた事件と、その後の弟の消息について詳しく知りたいという思いです。倉屋敷は一揆でも燃えずに残りましたが、それは曾祖父が立て籠って鉄砲で反撃したからだと伝えられていました。一方、弟についてはよくわからず、死して後に村の御《ご》霊《りよう》の一人となって人々から恐れられる一方で、一揆の失敗後に処刑された仲間たちを見棄てて村から逃れたとも言われています。もちろん、鷹四はそう考えず、御霊としての彼に精神的に同一化しようとしています。

こうして曾祖父とその弟との関係は蜜三郎と鷹四の関係に重なり、一九六〇年代の東京と万延元年の四国（具体的には大江自身の出身地である愛媛県喜多郡がモデルです）の山村という二つの時空が交錯します。垂直および水平の方向性と言った時、通常は空間の問題を思い浮かべますが、ここでは時間も関わってくるのです。そしてこの二つの時空は、蜜三郎と鷹四との対決を通じて、いわば核融合し、同時に核分裂するのです。

トマトと胡瓜《きゆうり》

右のように見てくると、蜜三郎の愛媛行きは鷹四の促しに従った他動的なものと思われますが、その一方で、蜜三郎の内面の衝迫に鷹四が形を与えたに過ぎないという面もあります。それを暗示するのは、小説の第二章で蜜三郎が見る奇怪な夢です。それは蜜三郎の故郷の森とも見紛う街路樹の生い茂る静謐な街の夢で、なぜかその街には老人しかいません。その老人たちの中に、縊死した友人と養護施設に送り込まれた赤ん坊が紛れ込んでいます。蜜三郎は悲嘆の声をあげます。

僕が君たちを見棄てた!

「かれらのかわりに頭を真赤に塗って縊死せず、かれらのかわりに養護学校へ放棄されて打ちのめされた獣の仔のごときものになることがなかった」ことに、蜜三郎は「内臓を踏みしだかれる苦しみ」を覚えます。急いで説明しなければなりませんが、友人は全裸で頭と顔を真赤に塗りつぶし、肛門に胡瓜を詰め込んで首吊りをしたのでした。しかし蜜三郎は、「水面に顔をひたして水底を覗いているよう」に街を眺めるばかりで、その街の中に入ることが出来ません。その時、到着の飛行機が遅れに遅れたため、出迎えの空港で眠り込んでしまった蜜三郎の肩に手を置いて眠りから覚ましてくれたのが、ようやく帰国した鷹四なのでした。

この夢は、友人と赤ん坊に対して大きな負債を感じている蜜三郎がこれを償うために、東京での引き籠り生活をやめて故郷に赴く必要を痛切に感じていることを物語っています。その一方で、彼は足を踏み出すことが出来ないし、踏み出したくもない。なぜなら負債を償うためには、それに先立っていったい自分がどれだけの負債を抱えているか正確に把握するという辛い作業をしなければならないからです。それは自分がいかなる意味で偽善者なのか、その事実と向き合うことです。

私は先に、『個人的な体験』や『ヒロシマ・ノート』の孕む内部矛盾が、その後の大江の活動の動力源となるということを述べました。これは一種のエネルギー変換です。自分は偽善者だと自己告発し、法廷に被告人としてみずから立って質問に答えなければならない。そんな強迫観念が、これからの大江の創作活動の根幹にあるという意味です。だからこそ、穴蔵へ引き籠っている現状を否定する必要があることを大江は知っていた。そうだとすれば、俺と四国の故郷に帰らないかという鷹四の誘いは、実は、蜜三郎＝大江の内面の声に応えるものでもあるわけです。

それにしても、全裸で頭と顔を真赤に塗り、肛門に胡瓜を詰め込んで首吊りをするとは何事でしょうか。『万延元年のフットボール』には、他にも奇怪なエピソードやイメージが多出しますが、とりわけこの首吊り自殺は常軌を逸しています。ここには、パリで国際政治を研究していた大江の友人・田中良が、「核兵器による世界最終戦争のイメージにおしつぶされたあげく」（『ヒロシマ・ノート』による）、一九六二年十月に縊死したという現実の事件が反映しています。けれども、田中自身がこんな奇妙な死に方をしたわけではありません。

蜜三郎の友人の首吊り死体についてはさまざまな解釈が可能ですが、私の考えによれば、それは『個人的な体験』において、障害児を育てる重荷から逃れたいと考えた鳥《バード》が、赤ん坊の死を望み、その後火見子に対してアナルセックスを行ったエピソードを思い起こさせるものです。『個人的な体験』の該当箇所を読み直すと、赤ん坊を殺してしまおうとするエゴイズムを恥じた鳥《バード》は、「トマトみたいに赤い顔」になってうなだれますが、結局、自分はどんな卑劣なことでも出来るのだと自己証明するために火見子の肛門にペニスを突き入れます。ということは、頭と顔を赤く塗った首吊り死体は鳥《バード》自身の、胡瓜はそのペニスの戯画ではないでしょうか。自分で自分にアナルセックスをするという、珍奇なウロボロスの構図です。その縊死体は蜜三郎にこう宣告するのです。お前＝鳥《バード》は我が子との共生というような綺麗事を言っていたが、本当はその我が子を殺そうとしたのだよな。大江という作家は原水爆被災白書の運動に参加するそうだが、それも偽善だよな。大江は結局、自分のオナニズムにしか関心がないからな……

　もし、蜜三郎も同じ様に首吊り自殺を図れば、罪滅ぼし、償いになるかもしれません。事実、故郷の山村の倉屋敷の二階に、妻と離れて一人で暮らすことになった蜜三郎は、いつのまにか自殺衝動に飲み込まれそうになり、あわててそれを押しとどめます。

それから僕は、自分がこの倉屋敷の二階に独りで生活しはじめた以上、もし頭を朱色に塗り肛門に胡瓜をさしこんで首を縊《くく》ることを希望すれば、それを誰にも妨害されずにやることができると考えた。しかもここには百年間持ちこたえた欅の大梁がある。僕は、そのように夢想を展開してはじめて新規の恐怖と嫌悪感を味わい、あおむいて欅の大梁を確かめようとしていた自分の頸の動きを突嗟《とつさ》に抑制した……

結局のところ蜜三郎は自殺しません。ただ、それは負債があることをうやむやに誤魔化し続けることを意味しません。むしろ、自殺以外のどんな方法で蜜三郎は被告人質問に答えようというのか、その成り行きを、頭と顔を真赤に塗り肛門に胡瓜を詰め込んだ全裸の首吊り死体が、蜜三郎の脳内に入り込んで監視し続けていると言うべきです。村の寺には（その寺は、倒幕派の土佐藩士と思われる潜入工作員と連携して、一揆勃発の裏工作に関わったともされるのですが）、一揆の後に曾祖父が寄進した地獄絵があります。しかし、地獄はむしろ蜜三郎の脳内にあるのではないか。私はそう思わずにはいられません。その意味で、『万延元年のフットボール』は地獄を生きる者を描いた小説です。

全体小説と部分小説

以上の考察から、『万延元年のフットボール』は、三つの処女作（「奇妙な仕事」、「死者の奢り」、「飼育」）が提起した現在の東京と過去の地方山村という異なる時空間を関係づけるという課題に、『個人的な体験』や『ヒロシマ・ノート』の孕む内部矛盾を変換することによって応えた画期的な小説だということに気づかされます。しかし、作品の意義はそこにとどまりません。このことについて、全体小説という観点から確認しておきたいと思います。

全体小説という考え方はあまり馴染みがないかもしれませんが、ちょうど一九六二年から、『個人的な体験』が書かれた一九六四年頃にかけて、日本の文壇では、生と世界の全体を描こうとする全体小説の試みが一つの目標として注目されていました。その中心にいたのは小説家の野間宏や中村真一郎、文芸評論家の篠田一士らで、三島由紀夫もまた「世界解釈の小説」という言い方で全体小説の問題に迫ります。彼らの活動には、六〇年安保闘争を経た時期において、戦後文学を再検討、総決算しようという意図も込められていたのですが、私の考えによれば、『万延元年のフットボール』は、非常に早い段階で奇跡的に実現した全体小説の一つのあり方なのです。

これに関連して、篠田を司会とする座談会「現代において文学は可能か」(「展望」一九六四年十一月号)において大江は、『個人的な体験』に続く作品構想について、次のような興味深い発言をしています。

> はじめ、テーマとしてはぼくの曾祖父の時代、かれの大家族が生きた時代、すなわち明治維新からほぼ二十年前、今から百二、三十年前前後に、村に残って農民の生活を建て直そうとする人間がいたり、高知のほうから長崎のほうに出ていって、新時代の人間になろうと志した人間とか、いろいろいたわけですけれども、そういう人たちの運命を描いて、明治時代に至り、現代に至るということを考えたわけです。それがぼくの全体小説プランだったのですが、ぼくはすぐそのプランを捨てました。

なぜ捨てたのか？　その理由について大江は、「明治時代前後を小説とする場合に、具体的に言ってどういう今日的な文章が可能か。おそらく可能な文章はない」ということを挙げています。明治維新前から現代にいたる歴史の全貌を描こうとする時、それにふさわしい文体がないというのです。こういう説明の仕方に説得力があるかどうか、後にあらためて考えたいと思いますが、ともかく大江はそのように断言して、次のように続けます。

〔……〕現在のところは一八六〇年代の話を、百年あとの一九六〇年代のある一日に集中して書こうという方法を考えています。近代化の百年が間にあって、しかも明治マイナス十年と現代とが、同時に現われてくる方法をいま考えているわけです。〔……〕この場合に、ぼくは、全体小説あるいは大河小説というふうな手法を放棄した小説家として、小説を書くことになるでしょう。それはたとえば二十世紀の前半、フランスの小説家たちが考え、後半にアメリカの若い小説家たちがありふれた方法として取り上げているかたよった、個人的な、非常に小さい場所からものを考えていこうとする態度によるのでつまり非常に特殊な小説ですね。全体小説の逆の非常に部分的な小説、そういうことになるとぼくは思いますね。

ここには『万延元年のフットボール』の原構想が示されています。実際、『万延元年のフットボール』では、鷹四が立ち上げたフットボール・チームのメンバーおよび扇動された村人たちによるスーパー・マーケットの商品略奪事件が、一八六〇年代の一揆と重ね合わされて語られます。ただ、私の理解とは異なり、大江はこれについて「全体小説の逆の非常に部分的な小説」と述べています。「部分的な小説」とは、ジャック・ケルアックの『路上』（一九五七年）や、ケルアックを含むアメリカのビート世代の作家たちに影響を与えたとされるサルトルの『嘔吐』（一九三八年）のような実存主義小説を指すと思われますが、大江はこれを全体小説と対置し、全体小説については、時代の動きを滔々《とうとう》と流れる大河のように描く大河小説と同一視していることに注意しなければなりません。

　確かに全体小説と大河小説はしばしば同じものと考えられています。しかし、後に詳述するように、これは大きな誤解ではないでしょうか。いったんそう気づくと、大江が言っているのとは違って、『万延元年のフットボール』が優れた全体小説である理由も明らかになってきます。それは、この小説が戦後文学としてはもちろん、日本近代文学史、いや世界文学史の領域においても真の傑作と呼ぶに値する作品であることを意味します。この点について理解を深めるために、作品の細部に入ってゆきましょう。

謎の螺旋階段と「本当ノ事」

『万延元年のフットボール』は密度の高い作品で多くの要素を含み、すべてを本章で述べることは出来ません。その幾つかについては、次章以降でもたびたび触れることになるので、ここでは、なかでももっとも重要な、曾祖父の弟が引き起こした百姓一揆はどのようなものだったのか、その一揆の後に弟はどうなったのか、という鷹四の問いについて考えたいと思います。読者から見ても、その謎解きの好奇心が小説を読み進める主要な動力となるのですが、作中で提示される説明は二転三転し、安定した解釈を許しません。はじめ、鷹四は蜜三郎に向かってこう言います。

> 曾祖父さんは、弟を殺して村の大騒動をおさめたんだ。そして、弟の腿の肉を一片、喰ったよ。それは、弟の起した大騒動に自分が関係してないことを藩の役人に証明するためだったんだよ、と鷹四はすっかり怯えにおかされた声で聞いてきたことを反覆した。

ところが、蜜三郎はこう反論します。

いや曾祖父さんは、騒動のあとで弟が森をぬけて高知へ逃げるのを援助してやったんだ。弟は海をわたって東京に行き名前をかえて偉い人になったんだぜ。明治維新前後、手紙を何通か曾祖父さんにおくってきたよ。曾祖父さんは、そのことをずっと黙っていたから、みんながおまえの聞いたような嘘をつくりあげたんだ。

これは確かな事実ではなく、「僕がひそかに聞き覚えていたもうひとつ別の噂」に過ぎませんが、例の地獄絵を蔵している寺の住職も、「曾祖父さんの弟が森を抜けて出発し、名前を変えて維新政府の高官になったという風説」について語っています。それが正しいとすれば、土佐藩士と思われる工作員と曾祖父とその弟、および彼らを結び付けた当時の寺の住職の間に、一揆後の処遇についてあらかじめ密約があったと想像されますが、真相はよくわかりません。

ところが（二度目のところがです）、作品を読み進めてゆくと、寺の倉の中に、曾祖父に宛てた曾祖父の弟の手紙が保管されているのを住職が発見します。そしてこれを蜜三郎に届けるのですが、そのうち、明治二十七年（一八九四年）の手紙には甥、つまり手紙の受け取り手である曾祖父の息子で、蜜三郎の祖父にあたる伊吉郎について、次のようにありました。

〔……〕伊吉郎君徴兵延期願は当籤《たうせん》と否とに拘《かかは》らず差出すものの様御《お》考《かんがへ》相成《あひなり》候やう御文面にて御察せられ候へども当籤不相成《あひならざる》場合には勿論延期願を差出さざる都合に兼て相談相定《あひさだ》め置候次第に候何か手紙の行違にても有之《これある》ものか現に延期願は小生起草可仕《つかまつるべき》筈のところ御令室より当籤不相成《あひならざる》旨通知有之候に付執筆見合《みあはせ》候ほどの事に候かやうの次第ゆゑ此際いづ方よりも延期願を差出など申すこと決してある間敷《まじき》事に候間左様御承知相成度《あひなりたく》右御返事まで〔……〕

これは、甥の伊吉郎が日清戦争での兵役を先延ばし出来るように手を打とうと考えたが、「当籤不相成場合」、すなわち、徴兵検査合格者に対して行われる抽籤に外れ兵役を免れた場合は、「延期願」を提出するといった余計なことなど一切しないようにと念押しする内容です。しかし、その次の手紙を見ると、結局、伊吉郎は既に出征して、「今頃ハ威海衛《いかいえい》攻撃中にて死生之境」にあり、「安否之程一刻も早く承知」したいと、曾祖父の弟は甥の身を案じています。

蜜三郎の理解では、これは次のようなことを物語る証拠でした。つまり、なるほど曾祖父の弟は村から脱出しましたが、それは「一揆を指導して殺戮をおこなった上、最後には仲間たちを見殺しにして、自分だけ森を越えて出奔した」のであり、その後、維新政府の高官になったのでも、維新政府に抵抗したのでもなく、ただ、「一揆の体験を忘れ去って」、「愛する甥が兵役免除になるように心配」するだけの「平凡な市民」になり果てたのです（しかも、甥の兵役免除の試みは失敗しています）。これは鷹四が思い描く、死して後に御霊となって人々から恐れられ、だからこそ祀られもする人物像とはほど遠い、凡庸なイメージです。

ところが（三度目です）、最終章に至って話は驚くべき展開を示します。村に「スーパー・マーケットの天皇」がやって来ます。彼はペク・スン・ギという名の、元は森の伐採労働を強制されていた朝鮮人の部落出身者なのですが、商品略奪事件などすべて不問に付して、鷹四に扇動されて盗みに加担した罪を思い返して怯えている村人たちをたちまち丸め込みます。そして、東京に移設するために倉屋敷の建物を調査したところ、誰にも知られていなかった立派な地下倉があることがわかりました。蜜三郎は驚愕します。曾祖父の弟は、生涯にわたりここに自己を幽閉していたのでした。

〔……〕曾祖父の弟は万延元年の一揆後、仲間たちを背後に見棄てて森を抜け新世界に出発したのではなかったのだという発見は早くも動かしがたい。かれは仲間たちが斬首《ざんしゅ》される悲惨を阻止することはできなかったが、かれ自身もみずからを罰したのだ。かれは潰滅の日から地下倉に閉じこもり、そのように消極的な姿勢によってではあるが、生涯にわたって転向はせず、一揆の指導者としての一貫性を持続したのだ。

手紙は、もし実際に村を離れていたならという仮定のもとで、この地下倉で秘かに書かれたものなのでした。しかし、一度だけ曾祖父の弟が倉から外に出たと思われることがあります。それは、万延元年からおよそ十年後の明治四年（一八七一年）、廃藩置県に抵抗して起きた、いわば「第二の一揆」の時で（作中では特に記されませんが、薩摩、長州、土佐、肥前が主導する維新政府の急速な中央集権化に対する愛媛の山村の反感が背景にあります）、その際、素性のわからぬ謎の人物が暴動を指揮し、ただ一人自裁した政府側の大参事（現在の副知事にあたる）を除き、一人の死傷者も処罰者も出さずに事態を収束させて、すぐにまた姿を消したのでした。この謎の人物こそ、万延元年の一揆の失敗を繰り返さないように努めた曾祖父の弟であり、曾祖父のみがその事実を知っていたのではないかと蜜三郎は考えます。

こうして、一揆の後の曾祖父の弟の消息は解明されたように見えます。ところが、（四度目です）、これを真っ先に知るべき鷹四の生涯には、驚くべき結末が待っていました。彼は、村の娘を強姦しようとして抵抗され、その頭を石の塊りで殴り潰して殺してしまいます。そして、その事件を村の青年たちに追及されるのに先立ち、霰弾銃自殺をしてしまったのです。地下倉の発見は、その直後のことでした。ですから、たとえ問いの答えが得られたとしても、問うべき人がいない以上、問いは宙ぶらりんになってしまいます。しかも、鷹四の殺人について言うなら、本人はそう言い張ったものの、蜜三郎は単なる事故を事件のように装った自虐のための偽の自白と見ていて、事実ははっきりしません。

　このように、『万延元年のフットボール』においては、問われた問いが容易に解決せず、まるで永遠に続く螺旋階段を上るように謎が謎を呼んで、答えが先送りされます。

　ところが、（五度目になりますが）、鷹四の死後に次のように蜜三郎に語りかける菜採子の言葉を見逃すことは出来ません。

> あなたは鷹に対抗するために、自分のなかの鷹的なものを故意に排除して生きてきたのでしょう？　蜜、もう鷹は死んだのだから、あなたも自分自身に対して公平にならなけ

ればならないわ。〔……〕蜜自身も自分のなかに、かれら〔鷹と曾祖父の弟のこと―引用者注〕と共有するものを確かめてみるべきでしょう？

これが意味するのは、鷹四の存在を蜜三郎が引き継ぐということです。二人が核融合することによって、螺旋階段はどこまでも続いてゆくのです。具体的には、菜採子が姦通によって孕んだ鷹四の子どもを、蜜三郎が家族として受け容れるという、またしても驚くべき事態なのですが、そのことによって、かつて鷹四が曾祖父の弟に同一化しようとしたように、今度は蜜三郎自身が曾祖父の弟に同一化することになります。同時に蜜三郎は、養護学校に預けた子どもを引き取ります。ここに、オナニストとしての偽善性を認識し、なすべき責任を果たそうとする作者大江の姿勢を読み取ることが出来ます。

とはいえ、償いはまだまだ充分ではありません。これに関連して、重要なことがあります。鷹四は自殺に先立って蜜三郎に、「蜜、おれは話したいことがあるんだ。蜜に本当の事をいいたいんだ」と言って、ある秘密を明かしていたのです。本書の「はじめに」でも少し触れましたが、「本当ノ事」とは、かつて彼らの「白痴の妹」が突然自殺した理由のことで、彼女は信頼する兄の鷹四とのインセストによって妊娠、中絶したのに、鷹四が事実を内々に葬り、以後性交を拒んだことに絶望して命を絶ったのでした。そう告白した後に、鷹四は蜜三郎と別れて倉屋敷で霰弾銃自殺をするのですが、屋敷の壁には、こんなダイイングメッセージが赤鉛筆で書かれていました。

――オレハ本当ノ事ヲイッタ

またもや驚愕すべきエピソードですが、これに対して蜜三郎は、自分は「「本当の事」をなお見きわめていない」と考えます。この点で二人は核分裂してしまいます。それならいったい蜜三郎自身は、いつどのようにして「本当ノ事」を見きわめるのか。

こうして、一揆の後に曾祖父の弟はどうなったのかという鷹四の問いは、自分はこれからどのように生きてゆくべきかという蜜三郎の自問へと転換してこの小説は終わり、さらに『万延元年のフットボール』以降の文業において、大江の「本当ノ事」はいつどのようにして表現されるのかという問いに接続することになります。

こう言うと誰もが気づくと思います。大江自身が抱え込んだ矛盾とまやかし、それが大江に直視を強い、エネルギー変換による矛盾の乗り越え（弁証法の言葉で言えば止揚）を迫るその時にこそ、「本当ノ事」が表現されうるだろうということに。

全体小説としての『万延元年のフットボール』

その意味で、『万延元年のフットボール』は未完成の作品とも言えますが、それが大江の作品史はもとより日本文学史、世界文学史という水準においても画期的な小説であるのは疑えません。それは、全体小説という観点から説明することが出来ます。少し難解な内容になるかもしれませんが、なんとか述べてみようと思います。

全体小説とは、生と世界の全体を描こうとするものであり、先述のように時代の動きを滔々と流れる大河のように描く大河小説としばしば同一視されるのですが、考えてみれば、生や世界の多様なあり方をすべて描きつくすことなど、そもそも原理的に不可能です。では、全体小説とはいったい何か。それは、もっと別の考え方を要求する概念ではないか。文学研究者、社会学者であるジャック・デュボアは、こう言っています。

もちろん、厳密な意味での全体小説は存在しない。全体小説という観念を与える小説

> があるにすぎない。これまでに述べてきたいくつかの際立った特徴は否応なくそうした観念を呼び起こすことだろう。情報の累積、エクリチュールの拡張、巨大な建造物、外見上の完結性。しかし、全体性の効果が完全な形で達成されるためには、特異な要因がそのすべてをひとつの円環の中に閉ざす働きをしなければならない。小説世界が十分な密度と内容を備え、それ自体において閉じたものとなり、これによって自律性を確保するかのように見えなければならないのである。『ボヴァリー夫人』は、緻密に計算された小説でありすぎるがゆえに、他の諸小説のように拡張的なものとはなりえない。しかし、すべての部分がきわめて綿密に呼応しあい、ひとつの「小さな全体世界」のイメージをきわめて強固に作りだしているので、その自足性の感覚を与えることができるのである。（『現実を語る小説家たち――バルザックからシムノンまで』鈴木智之訳、法政大学出版局、二〇〇五年十二月。原著は二〇〇〇年刊）

　ここでデュボアが言っているのは、全体小説という実体が存在しているわけではなく、それは、読者がそれを「全体小説」と受け止めるかどうかという問題（すなわち「効果」）であるということ、そしてそのような効果が生じるためには、小説作品が一定の形で構造化されていなければならない、ということです。大河小説に欠けているのは、この「構造化」という考え方です。

構造化ついてデュボアは「特異な要因がそのすべてをひとつの円環の中に閉ざす働きをしなければならない〔原文を文頭から引用するとPour s’accomplir, l’effet de totalité exige cependant qu’un élément particulier vienne boucler l’ensemble.〕」と言っていますが、それは作中で語られるお話に、すべて結末が与えられて、そこで物語が終わってしまうという意味ではありません。たとえばバルザックが『人間喜劇』としてまとめようとした作品群の総体は、有機的に構造化された社会を鏡に映すように捉えています。その場合、この世、すなわちフランス革命とナポレオン戦争後の資本主義勃興期のフランスに生きる登場人物たちの欲望と情熱が「特異な要因」となって作品のすべてのエピソードを結び付けているのですが、登場人物たちに即して言うなら、彼らはその欲望と情熱に際限なく翻弄され続けるのであり、その意味では物語が終わることはありません。この点から言えば、全体小説は永続する時間性を内包しているように私には思われます。この考え方はとても面白い。私はどうしてもデュボアと話してみたくなり、自分一人ではフランス語の会話が難しいので、若い友人でプルースト研究家の池田潤さんに助けて頂きながら、スカイプで直接インタビューを試みたことがあります。聞きたいことをうまく聞けたか自信はないのですが、私の理解の仕方でおおむね間違っていないようでした。

　これを『万延元年のフットボール』にあてはめて考えるなら、曾祖父の弟はどうなったかという問いとそのヴァリエーション（それは最終的には「本当ノ事」とは何かという問いです）が「特異な要因」となることによって、普通に考えれば支離滅裂になりかねない数々の奇怪なエピソードがバラバラに入り乱れることなく結び付けられ、全体として豊饒なる作品世界が構成される（「特異な要因」が、ここでは「問い」という形式になっている点がポイントです）。しかし、鷹四の問い自体は、解決されることなく謎の螺旋階段となり、蜜三郎の問いに姿を変えて彼の人生を急《せ》き立て続けるのです。

　しかも、その作品構造が社会、特に近代日本社会の構造そのものとして読者に立ち現われてくる。この点については、思想家の柄谷行人《からたにこうじん》の論考が実に示唆に富んでいます。柄谷は「固有名をめぐって1　一九七〇年＝昭和四十五年」（「海燕」一九八八年一月号）において、近代日本が置かれた困難な状況を、国権－民権と西洋－アジアという二つの軸による座標によって図示し、その続論（同誌一九八九年九月号・十月号、後に「大江健三郎のアレゴリー」と改題）では、『万延元年のフットボール』の登場人物たちを、座標上に次のように位置づけ

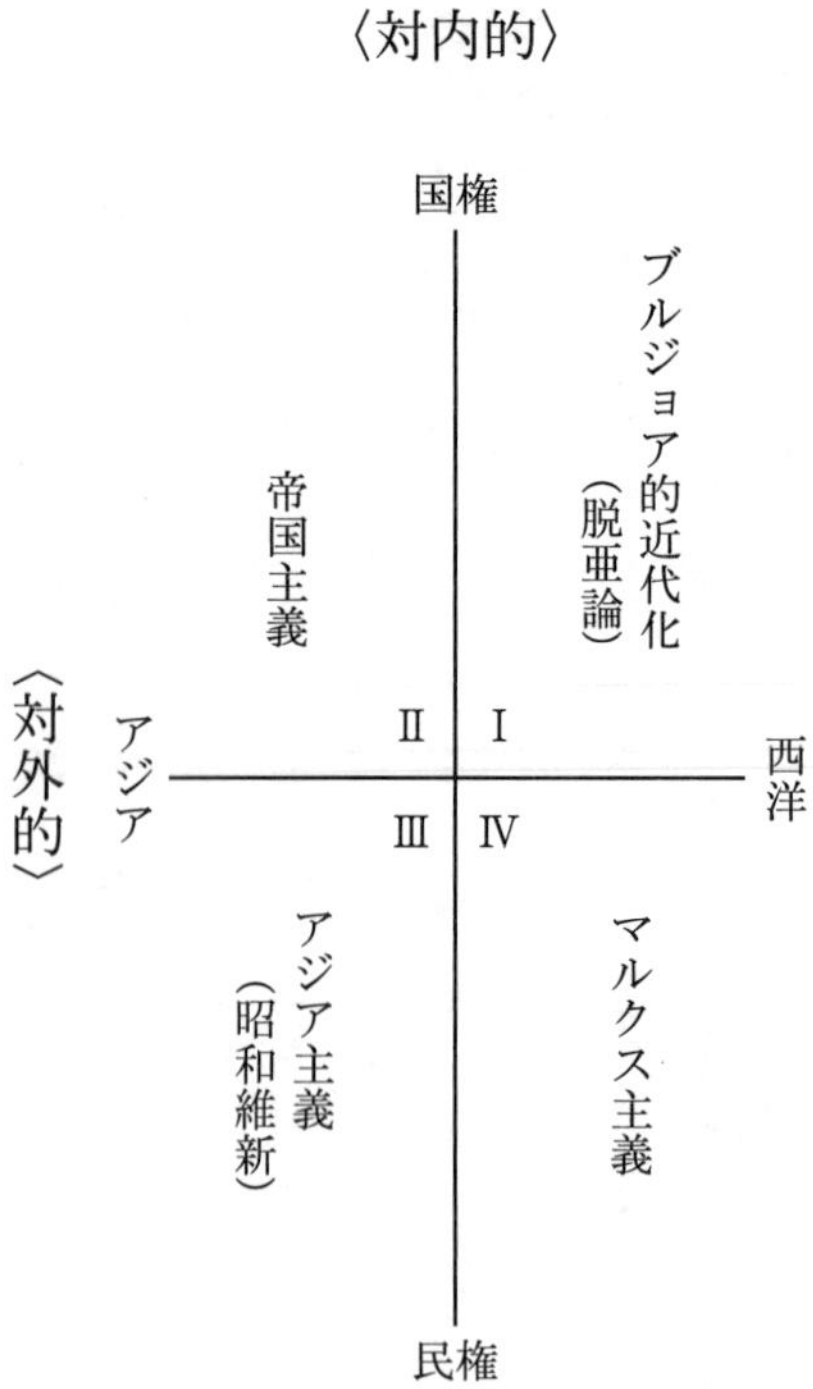

柄谷行人「大江健三郎のアレゴリー」より

てみせました。すなわち、蜜三郎は第Ⅰ象限にあり、鷹四は第Ⅳ象限から左半分に飛び移ったようにみえます。「だが、問題は、彼が第Ⅱ象限にあるのか第Ⅲ象限にあるのかが不明だということである」。

私の考えでは、この問題は曾祖父の弟を座標上のどこに位置づけるかという問いに拡大することが出来ます。もし、一揆を起こしたが、それに失敗して殺されてしまったということなら、彼は第Ⅲ象限において闘い挫折した存在です。これは誤りで森を抜け出し維新政府の高官になったというのなら、第Ⅱ象限に位置することになりますが、第Ⅰ象限の可能性も排除出来ません。甥の兵役免除を画策して失敗するような存在は第Ⅰ象限の中でも原点0に近い位置にいることになるでしょう。

では、小説の結末で判明した、曾祖父の弟が地下倉に自己幽閉していたという事実については、どう考えたらよいのか。「潰滅の日から地下倉に閉じこもり、そのように消極的な姿勢によってではあるが、生涯にわたって転向はせず、一揆の指導者としての一貫性を持続した」というのなら、それは第Ⅲ象限であることが同時に第Ⅰ象限となるような特殊な事態だと言えます。それならば、蜜三郎は同じ生き方を貫くことが出来るのか、と問われることになりますが、ここで重要なのは、このように登場人物のキャラクターのあり方、その設定と未来とを考えることが、同時に作品構造を考えることとなり、ひいては近代日本社会の構造分析ともなっていることです。

そうだとすれば、『人間喜劇』が十九世紀前半のフランス社会の全貌を映し出す全体小説であるのとまったく同じ意味において、『万延元年のフットボール』は、日本の近代社会を映し出す全体小説ということになります。『人間喜劇』のような作品群の総体ではなく単独の小説でありながら、また、一八六〇年代と一九六〇年代との間に百年の空白があったとしても、『万延元年のフットボール』は充分に『人間喜劇』と比肩しうる作品だと言えます。この小説が、日本の戦後文学としてはもちろん、日本近代文学史、いや世界文学史の領域においても真の傑作と呼ぶに値する理由はここにあります。

四　迷と鷹《たかし》四

右に述べたことを、もう少し一般化してみましょう。これは、それぞれの地域共同体における伝統的価値観と、近代化のイデオロギー（今の言葉で言うならグローバル化）との矛盾や対立、およびそこに生じる光と闇を、文学においていかに描くかという問題であって、それゆえ歴史と文学の双方に関わります。

第一章で触れたように、大江は「奇妙な仕事」や「死者の奢り」を書いた時点で、歴史の闇を感知していましたが、それでは、日本の近代史においてはじめてこの問題に直面し、真摯に向き合った文学者は誰でしょうか。私の考えでは、それは二葉亭四迷です。二葉亭が特に意識してバルザックを読んだ形跡は見当たりませんが、ロシアの批評家ベリンスキーを通じて、間接的にではありますが、当時のヨーロッパの最重要思想の一つだったヘーゲル哲学に触れていました。そして、ジェルジ・ルカーチの言うように、ヘーゲルの世界とバルザックの世界はいずれも円環をなしているという点で類似しています（『ヨーロッパ・リアリズム研究』）。

こういう観点から見ると、二葉亭がベリンスキーの影響を受けて唱えた「摸写といへることは実相を仮りて虚相を写し出すといふことなり」（「小説総論」）という名高い宣言は、デュボアが全体小説に関して述べた、「全体性の効果が完全な形で達成されるためには、特異な要因がそのすべてをひとつの円環の中に閉ざす働きをしなければならない」というのと同じ考え方に基づくことがわかります。ただ、述べる方向が逆なだけです。二葉亭が言いたいのは、「模写」による小説（近代的なリアリズム小説の意）が描く対象は「実相」、すなわちこの世に現われる事物や事象といった現象だが、しかしその目的は現象自体を描くことではなく、その奥にある「虚相」すなわちイデアを捉えることだということです。これを裏から言えば、「虚相」とは「特異な要因」の中でももっとも「特異な要因」に他ならず、その「虚相」によって「実相」を構成する「すべて」のものが結び付けられているということなのです。

全体小説を単純に大河小説と等置し、これに対して自作『万延元年のフットボール』をいわば反‐全体小説と考えた大江は、右の事情を理論的に理解していたわけではありません。しかし、直感的にその本質を認識していました。そればかりか、日本近代文学における二葉亭の試みが苦難に満ちたものであり（二葉亭ならずとも誰にとっても難しい営みです）、結局のところ失敗に終わらざるをえなかった経緯をも見極め、しかし自分ならその二葉亭の志を継ぎ、かつ深めることが出来るはずだという手応えを感じていたらしいことも窺えます。

というのも、実はここには仕掛けがあって、先に引用した曾祖父の弟の手紙は、小説『浮雲』の中断後に筆を折り、満たされない気持ちで日々を送っていた二葉亭が、亡友奥野広記の弟に宛てて書いた手紙を、一部の名前を変えて、そっくりそのまま借用したものなのです。いや、そっくりそのまま言いましたが、大江はこれを『万延元年のフットボール』の作品世界に置くことによって、曾祖父の弟が「生涯にわたって転向はせず、一揆の指導者としての一貫性を持続した」ことの決定的な証へと、鮮やかに変換したのでした。

どうしてこんな芸当が出来るのか、やはり大江はただならぬ作家だと思わないわけにはゆきません。『万延元年のフットボール』に至って、大江はついにその怪物的な本性を現わしたと私は書きましたが、あらためてその思いを強調したいと思います。本作品の怪物的特質は、他にも多々あります。先にも触れたように大江文学初期からの特徴である垂直の方向性に水平の方向性が加えられていること、読んでいるうちに読者の現実を侵食して錯覚を引き起こし、それどころか、その錯覚を真の現実に変えてしまうこと、大江にとっての最重要課題の一つである天皇の存在を異民族問題に結び付けたこと（「スーパー・マーケットの天皇」がいなければ曾祖父の弟が自己幽閉した地下倉は発見されなかったのですが、その「スーパー・マーケットの天皇」は朝鮮民族なのです）などがその例ですが、特に二番目の例については、私の名前が隆史《たかし》であることから、大学時代の初読の時から鷹四という名が気になって仕方がありませんでした。深く考えると背筋が凍るのでなるべく意識を向けないようにしていたのですが、いつか自分も反社会的事件を起こして、そのあげくに霰弾銃自殺をしてしまうのではないかという想念が、脳裏にチラつくのです。

固有名とアレゴリー

それにしても、鷹四とは奇怪な名付けです。蜜三郎の名も奇妙だし、こういう命名の奇怪さは、「飼育」の兎唇にまで遡ることが出来ます。そのように名付けられない時は、「飼育」の黒人兵が黒人兵としか呼ばれないように、そもそも固有名が与えられません。考えてみれば、曾祖父も曾祖父の弟も、その名は明示されません。いったいこれは、どういうことでしょうか。本章の締めくくりとして、このことに触れておきましょう。先に引いた柄谷の「大江健三郎のアレゴリー」は、この点についても貴重な示唆を与えてくれます。一般に二葉亭以降の近代リアリズム小説の登場人物はごく普通の名前を持っているのに、『万延元年のフットボール』においては鷹四も蜜三郎も普通の名付け方ではない。これは何を意味するのか。

柄谷はしばしば丁寧な説明を省くので、ここではそれを補いながら述べますが、近代小説の登場人物の平凡な名付けは、それが平凡な固有名であるがゆえに、共同体の他の誰にでもに置き換え可能な一般性（普遍性）を象徴するというシンボル的思考に基づくのに、大江による命名はそんな固有名を拒否することによって、逆に一般性、普遍性に還元できない単独性を示すアレゴリー的なものだというのが柄谷の説明です。その意味で、黒人兵や曾祖父の弟が、固有名ではなく黒人兵、曾祖父の弟と呼ばれ続けることと、蜜三郎が鷹四が、あるいは兎唇が奇怪な名前を持っていることは、実は作品世界において同じ働きを担っています。それはバルトの言う「現実効果」（読者に「これはありふれた現実の話なんだ」と思わせる効果）の排除であり、そのことによって、その人物のかけがえのない体験の一回性が保証されるのです。読者にとっては、その名に接するたびに、置き換え不可能な違和感やストレスを強いられることになりますが、だからこそ、他に代えがたい読書体験を得ることが出来ます。これはある種の宗教的体験に近く、先に引用した「飼育」の水遊びの場面が、超神話的原理の発露と考えられるゆえんでもあります。

　こう考えてくると、大江の文学世界がバルザックや二葉亭四迷と共通した基盤から出発しながら、明らかにその先に位置する別次元での創作活動を強いられていることがわかります。なぜなら、バルザックは『人間喜劇』の「総序」で作中人物を「タイプ（人物類型）」と見なし、二葉亭も「予が半生の懺悔」で作中人物のことをやはり「タイプ」と考えたのですが、それは彼らの人物設定が、まさに柄谷が言うシンボル的思考に基づくものだからです（ここでもし、柄谷の「大江健三郎のアレゴリー」を参照する人がいるならば、誤解を避けるため、柄谷は逆にアレゴリーを示すものとして「タイプ」という語を用いていることを注記しておきます。これは用語の選択が異なるだけで、述べていることの趣旨は同じです）。

しかし大江はそれを拒否しました。大江の、つまり私たちの生きる現代社会では、平凡な固有名を持つ者こそが一般性（普遍性）を象徴するという考え方の基盤にある、私たちは皆同じ価値共同体を生きているという楽天的な構図などもはや成立しない。そんな構図は、というに外側からも内側からもボロボロに崩れてしまった。大江はそう考えました。これを言い換えるなら、大江が描くような超神話的原理は、実のところ近代的な個人という考え方と相容れないということです。「飼育」の黒人兵が固有名を持った個人ではなく、もし何か別のものに置き換えられるとしたら、それは家畜の「セクス」に他ならなかったことを思い出してください。

ここにきて、いよいよはっきりしてきたことがあります。そんな大江が、近代的個人によって構成されることを前提とする戦後民主主義の信奉者、体現者として振舞うことは、実は辻褄の合わないおかしな話だということです。

第五章

三島由紀夫の死

――『われらの狂気を生き延びる道を教えよ』
『沖縄ノート』
『みずから我が涙をぬぐいたまう日』

父の主題

前章はややページ数が多くなってしまいましたが、それは『万延元年のフットボール』がいかに複雑かつ重要な作品であるかということの証です。念のために振り返るなら、この小説は『個人的な体験』や『ヒロシマ・ノート』が孕んでいる内部矛盾をエネルギー変換することによって現在の東京と過去の地方山村という異なる時空間を複合的に関係づけたのみならず、全体小説の一つのあり方として、世界文学の水準においても注目に値する小説なのでした。これにより、大江は歴代最年少の三十二歳で、谷崎潤一郎賞を受賞します。選者の一人だった三島由紀夫も、「私はこれを読みながら、久々に、深々とした小説的体験を味わった」と絶賛しました。

ただ、あまりに早くこれほどの傑作を書いてしまうと、その後の文学的生涯がかえって困難になるのではないかと心配されます。実のところ、『万延元年のフットボール』が驚嘆すべき作品であるのは間違いないのですが、それは同時に幾つかの深刻な課題を残しました。特に私が気になるのは、実際にはこの作品はデュボアが言うような意味での全体小説として高度に完成しているにもかかわらず、大江自身はこれを部分小説、反‐全体小説と考えたことです。そうだとすれば、今後、必要はないのにあえて大河小説的な、あるいは別の形式で全体小説の創作を企図したり、誤った形で全体を目指してしまう危険があります。

そのような視点から作品史を見てみると、この後しばらく大江の足取りが乱れているのがわかります。とりわけW・H・オーデンの詩句に因んで名付けられた作品集『われらの狂気を生き延びる道を教えよ』（一九六九年）は、詩、評論、短篇・中篇小説をパズルのように組み合わせた構成で、野心的な実験作と言えば言えますが、むしろテーマが拡散して収拾がつかなくなっていると見るべきです。もっとも、その中心に一つの核があります。それは、デュボアの言う「特異な要因」に違いありませんが、「すべてをひとつの円環の中に閉ざす働き」に失敗しています。その核とは何でしょうか。

同書の最後に収録された中篇小説「父よ、あなたはどこへ行くのか？」（このタイトルはウィリアム・ブレイクの詩 The Little Boy Lost に因むものです）が、その鍵を握っています。それは「a　裏」、「b　表」の二部に分かれ、このうち「a　裏」の冒頭近くには、次のようにあります（雑誌初出時のタイトルは、「a　裏」が「父よ、あなたはどこへ行くのか？」、「b　表」が「われらの狂気を生き延びる道を教えよ」です）。

僕の父親が前世紀の怪物ほどにも巨大であったわけではないが、僕の記憶にのこっている〔……〕かれをめぐっての様ざまな断片は、骨格の比喩でいえば、確かに下顎の骨の一部分の化石ほどのものだ。それでも僕は、ずいぶん以前から、それらの小っぽけな化石をもとに、父親の骨格の全体を復元してみることをおこなってきた。

「僕」というのは大江を思わせる主人公で、その「僕」が、戦時中、よくわからぬ理由から土蔵に座り込んで暮らし始め、謎の死を遂げた父親の伝記を書こうとしているが、なかなかうまくゆかない、というのがこの作品の設定です。「a 裏」の結末近くには、こうあります。

僕は父の伝記を書こうとする試みを失敗しては新しい憂鬱症にあらためてとらえられ、これまでのべてきたように父親のあいまいな《全体》を復元するためのノート制作という不確かで厄介で疑わしい作業をくりかえすのみだ。

右の引用からもわかるように、父の死の謎を解くという課題が、ここでの「特異な要因」

となっています。しかし、「b　表」の結末近くに「男は死んだ父親の伝記を書くことをやめた」とあるように、謎解きは失敗に終わります（なお、「b　表」では主人公は「僕」ではなく「肥った男」と呼ばれ、「肥った男」とその父との関係が、「イーヨー」というあだ名の障害児――『くまのプーさん』に出てくるロバのぬいぐるみの名に因むあだ名です――とその父である「肥った男」との関係に重ねられています）。もちろん、一見失敗のように見えても、『万延元年のフットボール』における曾祖父の弟はどうなったかという問いのように、謎が謎を呼ぶ螺旋階段となっているならば、それは本当は失敗ではありません。しかし、『われらの狂気を生き延びる道を教えよ』の場合は、父をめぐる問いを無理に立てようと焦るあまり、むしろその問いが流産してしまう。いったいこれは、どういうことでしょうか。

　ここで、あらためて『万延元年のフットボール』に眼を向けるなら、前章では述べませんでしたが、実はそこでも謎の死を遂げた父という主題は何度か触れられていました。しかし、話の中心は曾祖父とその弟、蜜三郎と鷹四の関係にあるため、父の主題はスキップされています。その後もこの問題は大江を陰に陽に圧迫し続けるのですが（実を言えばそれは既に「飼育」にも現われています）、最晩年の小説『水死』に至ってようやく、大江は真正面から父の死の謎に迫ります。

ここから言えるのは、父の死という主題は大江にとって極めて重要なものであるが、この時点では、これを扱う準備がいまだ整っていなかったと思われることです。そうだとすれば、先に引用した座談会「現代において文学は可能か」において、維新前と現代との間を繋ぐ部分を描かなかったのは、それにふさわしい文体がないからだと大江が説明しているのは、その場逃れの口実ではないかという気もして来ます。むしろ、父の主題を描くことの困難さへの予感が、『万延元年のフットボール』のような話の構成をもたらしたのではないでしょうか。

しかし、たとえこの重要な主題が欠けていたとしても、全体小説の創作は可能であり、それを証明したのが『万延元年のフットボール』なのでした。ところが、大江はそのようには考えず、一度スキップした父の主題に立ち向かおうとした。そして、先の引用からもわかるように性急に父の全体を捉えようとして、失敗しています。

『沖縄ノート』のサディズム

ちょうどそのような時期に、大江は沖縄を訪れ、『ヒロシマ・ノート』の姉妹篇と言われる『沖縄ノート』を連載しました（「世界」一九六九年八月号〜七〇年六月号）。そして、火災に巻き込まれて亡くなった沖縄返還運動の活動家・古堅宗憲《ふるげんそうけん》への追悼文として書かれた「死者の怒りを共有することによって悼む」（「世界」一九六九年三月号）をプロローグとする岩波新書『沖縄ノート』が一九七〇年九月に刊行されます。ちなみに、ベトナム戦争早期終結と米軍のベトナム撤退を公約に掲げて勝利したニクソンの大統領就任は一九六九年一月で、その軍事、外交戦略の枠組みの中で沖縄が日本に返還されたのは一九七二年五月です。そのような状況下において、あくまでも沖縄に寄り添い、沖縄に犠牲を強いていることをまったく顧みない日本とは何か、日本人とは何かということを厳しく問い詰め、戦後民主主義をあらためて追求しようとする。普通、『沖縄ノート』はこのように評されます。

同書の最後の段落は次のようです。

日本人とはなにか、このような日本人ではないところの日本人へと自分をかえることはできないか、という暗い内省の渦巻きは、新しくまた僕をより深い奥底へとまきこみはじめる。そのような日々を生きつつ、しかも憲法第二二条にいうところの国籍離脱の自由を僕が知りながらも、なおかつ日本人たりつづける以上、どのようにして自分の内部の沖縄ノートに、完結の手だてがあろう?

沖縄に犠牲を強いていることを、日本人一人一人の問題として問わなければならない。大江はそう考えましたが、このことについては、私自身もまったく同じ立場です。

しかし、そうであればなおさら、慎重に考えるべきことがあります。『万延元年のフットボール』以後の不安定な足取りの中で犯した過ちを、大江は繰り返してはいないでしょうか。そしてそのことによって、沖縄問題をいっそう混乱させてしまってはいないでしょうか。特に、戦争末期に沖縄で「集団自決」を命じたとされる人物の内面心理に関わる以下の記述には、大きな問題があると思います。大江は、沖縄の女性を強姦した日本兵が、戦後、自分に対し、そして他者に対し、それが「限界状況でのつかのまの愛」だったと記憶を塗り替えてゆく事例を挙げた後で、こう書いています。

慶良間の集団自決の責任者も、そのような自己欺瞞と他者への瞞着の試みを、たえずくりかえしてきたことであろう。人間としてそれをつぐなうには、あまりにも巨きい罪の巨塊のまえで、かれはなんとか正気で生き伸びたいとねがう。かれは、しだいに稀薄化する記憶、歪められる記憶にたすけられて罪を相対化する。つづいてかれは自己弁護の余地をこじあけるために、過去の事実の改変に力をつくす。いや、それはそのようではなかったと、一九四五年の事実に立って反論する声は、実際誰もが沖縄でのそのような罪を忘れたがっている本土での、市民的日常生活においてかれに届かない。一九四五年の感情、倫理感に立とうとする声は、沈黙にむかってしだいに傾斜するのみである。誰もかれもが、一九四五年を自己の内部に明瞭に喚起するのを望まなくなった風潮のなかで、かれのペテンはしだいにひとり歩きをはじめただろう。

実際に、渡嘉敷島や座間味島をはじめ沖縄慶良間諸島では「集団自決」がありました。このうち、渡嘉敷島の守備隊長は赤松嘉次大尉、座間味島の守備隊長は梅澤裕少佐でした。これは前任者が沖縄本島に転進したため、海上挺進戦隊第三戦隊長、第一戦隊長だった彼らが守備隊長の任務を兼ねることになったものです。伊藤秀美『沖縄・慶良間の「集団自決」――命令の形式を以てせざる命令』（紫峰出版、二〇二〇年二月）によれば、それは一九四五年二月中旬のことでした。そうだとすれば、その後の現地のあらゆる事態について、二人の責任が追及されるべきなのは当然です。

しかし、それは守備隊長である彼らが、大江が比喩として持ち出す強姦に擬《なぞら》えられる罪を犯したとか、島民の面前で「集団自決」を強制的に命令したということを意味するものではありません。ところが、大江の記述は事実上そのような前提に立ち、守備隊長は自己欺瞞を重ねる「犯罪者」だと決めつけて、これを性急に断罪するものです。

ここで思い起こされるのは、『万延元年のフットボール』で引用された曾祖父の弟が書いた手紙（実は二葉亭四迷の手紙なのですが）から導き出された蜜三郎の考えです。蜜三郎ははじめ、暴行、裏切りを働いた曾祖父の弟が、その後「一揆の体験を忘れ去って」、「愛する甥が兵役免除になるように心配」するだけの「平凡な市民」になり果てたと考えたのでした。あるいは、蜜三郎と鷹四が思い起こす彼らの長兄についてのエピソードの方が、今参照するのにふさわしいかもしれません。戦死した長兄が戦地で書いた遺品の手帳には、たとえば次のようなことが記されています。

《〔スパイとされるレイテ島の原住民を──引用者注〕つかまへた隊長は初年兵に刺させるとか云《ママ》って居たさうだが横取りをして生れて初めて日本刀をふるっ《ママ》て土民の首を切る》

これについて、そんなものは「ありふれた戦争の歌じゃないか」と蜜三郎は言い、さらに「一等上の兄さんにしても、確かに戦場では暴力的な人間だったかもしれないが、もし生きて復員していたなら、ただちにその記憶を放棄して、やすやすと日常生活のうちに穏やかな自分を再生しただろう」とも述べています。

先に引用した『沖縄ノート』の記述は、「集団自決」の実態を正確に踏まえようとしたものである以上に、むしろ右に見える大江自身の世界観、人間観を、二人の守備隊長に投影したものだと私には思われます。こういう議論の仕方も成立しうるとは思います。しかし、疑念が残ります。というのも、『万延元年のフットボール』の場合には、小説を読み進むにつれて手紙についての蜜三郎の解釈が否定され、その後も謎が続いてゆくのに、『沖縄ノート』においては、大江自身は、巻末に「どのようにして自分の内部の沖縄ノートに、完結の手だてがあろう?」とあるように問いの永続性を謳っているにもかかわらず、守備隊長の心理については、右のような表現によって、解釈を固定してしまっているからです。『万延元年のフットボール』が全体小説として極めて高い水準で成功しているのは、謎の螺旋階段がとどまることのない時間性を内包するからですが、ここで大江は時間を止めてしまっている。

たとえそうだとしても、赤松嘉次、梅澤裕という個人名を出しているわけではないと大江は言うかもしれません。それは一つの理屈ですが、「集団自決の責任者」と呼ばれる者が実在の守備隊長を指すことは、多少とも史実を知っている読者には明らかなので、むしろここでは、個人名（固有名）を避けてアレゴリーを志向する大江特有の名付け方が孕んでいる暴力性が露呈していると思います。前章で述べたように、その名付けは、シンボル的思考の前提となる価値共同体をめぐる楽天的な構図などもはや成立しない現代に特有の表現として選択されたものでした。しかし、そこに赤松嘉次、梅澤裕の名が事実上読み取られる場合は、「飼育」の「黒人兵」を単なる家畜の「セクス」と見なすサディズムが、特定の個人に問答無用で「犯罪者」の烙印を押す力学として働く結果を招いています（しかしそこには、「飼育」の「水遊び」の場面で表現されたようなエロチシズムの輝きは一切ありません）。戦後民主主義、先に紹介した柄谷の座標で言えば、第Ⅰ象限の立場から守備隊長を非難するのを急ぐあまり、大江は自身の暴力性については目をつぶっていると言わざるをえません。

ベレル・ラングのホロコースト論

　ここで問われていることをもっと広い視野で考えるなら、それはホロコーストを表象することの限界について論じたベレル・ラングの議論と関わってきます（『ホロコーストの表象──歴史と倫理の限界内における芸術』二〇〇〇年、未邦訳）。アドルノは、アウシュヴィッツ以降、抒情詩を書くことは野蛮だと言いましたが、それが不可能だと言ったわけではないとラングは強調します。では、「ファイナル・ソリューション（ホロコーストを行うナチスの計画を指す）」を表象することは可能かと問うなら、それは可能だが、同時に限界もあるとラングは言います。そしてその限界として現われるのは、沈黙だというのです。

> ここで沈黙ということを持ち出すのは、「ファイナル・ソリューション」を表象することなど不可能であり、それは本質的に不適切なことだと主張したいからではない。〔……〕私はむしろこう言いたいのだ。表象は可能だが、そこには危険もある。〔だからこそ、その危機を回避するために表象機能を制限する──引用者注〕限界として現われる沈黙が重要なのだと。その場合、沈黙はありとあらゆる表象やイメージにとっての壁と

なり、ごくシンプルな、しかしいかなる場面においても適用可能な試金石となるのである。つまり、編み出された表象の中に響いている声と比べて、沈黙していた方が、より正確で、より真実で、より道徳的に応じたことにならなかっただろうか、と問うてみることが大切なのだ。

ラングの議論に照らして考えるなら、大江の過ちは、「集団自決」に一つの表象を与えたことにあるのではありません。それは、当然検討されるべき一つの解釈です。しかし、これを沈黙と対照させることによって、表象のあり方を問い直すことを避けている点において、やはり大江の姿勢は不適切だと言わざるをえないと思います。このやり方では、二人の隊長はどこまでも残忍酷薄な「犯罪者」であり、島民たちは無垢で哀れな「犠牲者」であるという見方以外のいかなる解釈も許されなくなります。現実の人間関係が、しかも米軍の激しい攻撃下にあった当時の状況が、このような図式的な枠組みで整理されるとは思えず、それにもかかわらずこれを読者に押し付けることは、沖縄に犠牲を強いていることを日本人一人一人の問題として問おうとする試みを、促すどころか逆に妨げてしまう。

赤松嘉次も梅澤裕も「集団自決」を命じていないのに、そう命じたと書く『沖縄ノート』

（および岩波書店刊行の故家永三郎の『太平洋戦争』）の記述は、名誉毀損などの不法行為にあたる――。二〇〇五年八月、既に亡くなった赤松の弟である赤松秀一と梅澤は、このように訴えて、大江と岩波書店を相手に損害賠償、謝罪広告掲載、出版差止めの請求をしました（大阪地方裁判所）。結果は原告の請求棄却で、その後控訴審（大阪高等裁判所）、上告審（最高裁判所）においても原告側の主張は退けられました。しかし、右に述べてきた事情を考慮するならば、原告側の立場も一定程度理解出来ると思います。この裁判は、「集団自決」が軍の強制であるという教科書の記述を削除しようとする歴史修正主義者の動きの一環で、文部科学省による教科書検定の問題とも関わると言われますが、そのことはひとまず措いて、ここでは、大江の『沖縄ノート』の記述自体の問題性を見過ごすわけにはゆかないということを指摘したいと思います。自身の心理の安定を得ようとして、大江は誤って表象を固定してしまったのです。

　この裁判は大江文学にとってはもちろん、近代の歴史においても極めて重要な意味を持っているので、「集団自決」の実態はいかなるものだったのかということも含めて、本書第八章および第十章であらためて取り上げたいと思います。今回、「集団自決」に用いる弾薬を梅澤裕に求めたものの、これを拒まれた五人のうちの一人である宮城初枝の娘である宮城晴美さんとの面談の機会に恵まれたので（ただし晴美さんは裁判では被告側証人として証言しました）、その内容についてもそこで記します。

なお、本章でここまで述べてきた問題には、慎重な手続きを省略して性急に話を纏めようとしている点において、ちょうど『個人的な体験』や『ヒロシマ・ノート』の内部矛盾について指摘したことと対応するところがあります。そうだとすれば、矛盾をエネルギー変換することが大江の動力源になったのと同様の事情を、「父よ、あなたはどこへ行くのか？」や『沖縄ノート』にも認めることが出来るでしょうか。実は、このことこそが、小説『水死』の核心的モチーフになると私は考えているのですが、これについても最終の第十章で述べたいと思います。

三島の死

このように深刻な問題を孕んだ『沖縄ノート』ですが、大江の立場から言えば、『万延元年のフットボール』以後の乱れた足取りの中での解釈と表象の固定化には、そうせざるをえない必然性があったのでしょう。

ところが、『沖縄ノート』刊行からわずか二か月後の一九七〇年十一月二十五日、驚くべき事件が起きます。三島由紀夫が市ヶ谷で割腹自殺をしたのです。ちょうどその時、大江はアジア・アフリカ作家会議のためインド旅行中で、奇しくもベナレスに滞在していました。三島が『豊饒の海』第三巻『暁の寺』の舞台とした場所です。帰国途中に、シンガポールに立ち寄った大江は、プールで泳ぎながらこう考えます。

僕は、たまたまアメリカの作家が僕に、ヘミングウェイの自殺は、生き残ったアメリカ人に対する一種の侮辱だ、と語ったことを、いくたびか思いかえしていた。もっともヘミングウェイは、作家の孤独のうちにひそかに閉じこもって死んだのであったし、かれはまた、民主主義を侮辱したのでもなかった。僕は、エイ、エイ、と声を発しながら、激しい勢いでひとり泳いだ。（「シンガポールの水泳」、「群像」一九七一年二月号）

そして大江は、一九〇九年、ロシアからの帰国途上、ロンドン発の船上で死去し、シンガポールで火葬されたある日本人作家の墓を訪れます。その時、大江の口から発せられたのは、大江自身が予期していなかった「祈りの言葉」でした。

二葉亭よ、わたくしを救けてください……

その墓は言うまでもなく、大江が志を継ごうとしていた二葉亭四迷のものでした。このエピソードは、三島の死に大江がただならぬショックを受けたことを物語っています。大江は、民主主義の立場から沖縄における「集団自決」の責任者を断罪することで、心理的安定を得ようとしていたところでした。ところが、三島の自決はそんな試みのすべてを足蹴にするものです。それなら三島のことなど無視すればよいと思われるかもしれませんが、そうはゆかない。『個人的な体験』の結末に対する批判もありますが、それは三島が大江文学の最良の読者の一人だからこそ指摘出来たことで、三島が大江の本質的部分を鋭く見抜いていることは、谷崎賞の選評からもよくわかります。そんな三島を安易に否定することは、大江の自己否定にも繫がりかねないのです。

加えて厄介なのは、三島が大江の天皇への偏愛を見抜いていたことです。次に述べることは、尾崎真理子を聞き手とする『大江健三郎　作家自身を語る』で語られ、二〇〇五年刊行の小説『さようなら、私の本よ!』でも主要なエピソードの一つとして描かれていることですが、三島は大江の「セヴンティーン」に深い感銘を受け、新潮社の編集者を介して熱烈な手紙を送ったのでした。この手紙の所在は現在不明なので、正確な内容を確かめることは出来ませんが、大江の言葉を信じるなら、大江の国家主義、天皇主義的情念に共鳴する内容だったようです。ところが大江その人は、自分がそんな情念を抱えている事実を、自分自身で受け容れることが出来ずにいました。いったいお前は天皇の問題をどうするつもりだ！　三島はその死によって、大江の首に問いの刃を突き付けるのです。

　先にも述べたように、大江の作品史には、しばしば驚くべき飛躍があります。ここまで見てきた範囲では、その最大のものは『万延元年のフットボール』で、以後もしばしば目を見張る飛躍が認められます。

　けれども、三島との関連という観点から見ると、その死の影響が長い葛藤を経て、一つの着地点にして新たな起点ともなりうる場所に到達するのは、はるか後年の『さようなら、私の本よ！』においてです。その後、再び飛躍して、『臈《らふ》たしアナベル・リイ　総毛立ちつ身まかりつ』、『水死』、『晩年様式集《イン・レイト・スタイル》』の三作品が書かれますが、三島に対する大江からの応答が真に深められるのは『水死』においてです。こう考えるなら、『万延元年のフットボール』（一九六七年）と『水死』（二〇〇九年）に挟まれた四十二年間、年譜的に言えば作家の生涯の中心をなすはずの期間（『同時代ゲーム』、『M／Tと森のフシギの物語』、『懐かしい年への手紙』、『燃えあがる緑の木』など幾つもの重要とされる作品が書かれている期間）は、飛躍というよりも、むしろ三島の死による動揺と混迷が持続していた時期と言うべきかもしれません。三島四十五年の生涯に匹敵する長きにわたって、三島はたえず大江を脅かし続けました。

「人類救出の試合」で「ピンチランナーに選ばれてチャンスの塁上にある」と考える「おれ」が、夢の中で三島由紀夫になる――。核時代のサバイバルをテーマとするスラップスティック（ドタバタ喜劇）的な小説『ピンチランナー調書』（新潮社、一九七六年）には、そういうエピソードが、草稿の段階で書かれたこともありました（『大江健三郎全作品』（第Ⅱ期3）の後書き「現実世界の乗り超え＝わが猶予期間《モラトリアム》2」新潮社、一九九四年十一月）。このエピソードは実際には使われず反故となるのですが、この経緯自体が大江の精神的混乱を象徴しています。

三島＝天皇＝父

本章の最後に、この三島問題とでも呼ぶべきものに大江がはじめて向き合うことを強いられた『みずから我が涙をぬぐいたまう日』（講談社、一九七二年十月）に触れておきたいと思います。本書は表題作「みずから我が涙をぬぐいたまう日」と「月の男《ムーン・マン》」との二つの中篇小説に加え、「二つの中篇をむすぶ作家のノート」を巻頭に収めた作品集です。その巻頭の文章の冒頭部は以下のようです。

一九七一年大晦日の夕暮れ、乗換駅のプラットフォームで電車を待っていると、見知らぬ男が近づいてきて、
——きみの純粋天皇のテーゼは、その後どうなったかい？　と問いかけ、僕には答えるいとまもあたえず逆方向への電車に乗りこんだ。そしてかれは、閉じられたドアに額をおしつけて、ベッカンコーをしてみせつつ、薄暗がりに消え去ったのである。そして奇態な話ではあるが、僕はいまほかならぬ分身の幻と別れたところだと、もの悲しく感じた。

「純粋天皇」とは、「セヴンティーン」の「死亡広告」の詩句の冒頭に置かれた言葉です。引用部の全体は、三島の死を受けて、天皇の問題も逃げずに直視しようという覚悟の現われ、

あるいは、そんなことは出来ないのではないかという怯懦《きようだ》の現われ、むしろその両者がないまぜになった表現と見なすことが出来ます。

ついで、「みずから我が涙をぬぐいたまう日」は、肝臓がんで死を目前に控えていると妄信し水中眼鏡をかけて神経科の病棟に入っている「かれ」が、「**あの人**」について回想するというものです。それはこんな風に始まります。

> ある真夜中、かれがローテクスの回転式鼻毛切りで、もう生きた足の上に乗っかって塵埃の巷に出てゆくこともない、自分の鼻を、猿の鼻孔さながらに、鼻毛いっぽんはえていないものにすべく、しきりに刈りこんでいると、おなじ病院の精神科病棟から抜け出てきたのか、通りすがりの気狂いか、ともかく男としては異様なほど小柄で痩せているのに、ヒゲダルマ風に毛だらけの顔だけ真丸にふくらんだやつが、やにわにかれのベッドの裾に横坐りすると、
> ――いったい、おまえは、なんだ、なんだ、**なんだ！**　と泡を吹いて叫んだ。

この叫びは、先ほど言った、いったいお前は天皇の問題をどうするつもりだ！　という三

島の叫びに通じるものですが、この引用文については後で再び触れるので、ぜひ記憶しておいてください。いまは、「**あの人**」と呼ばれる、敗戦時に射殺されて亡くなったという設定の、「かれ」の父に注目したいと思います。大江は父の主題に再挑戦しているのです。そこに様々なエピソードが入り混じって作品は混沌たる様相を示すのですが、表題のゆえんとなる以下の箇所は実に魔的、蠱惑的で、ただならぬ印象を与えます。

Tränen トイウノハ、涙デナ、ソシテ Tod トイウノハ死ヌコトデナ、ドイツ語ダ。天皇陛下ガ、オンミズカラノ手デ、ワタシノ涙ヲヌグッテクダサル、死ヨ、早ク来イ、眠リノ兄弟ノ死ヨ、早ク来イ、天皇陛下ガ、オンミズカラノ手デ、ワタシノ涙ヲヌグッテクダサル、ト歌ッテイルノダ。天皇陛下ガミズカラソノ指デ、涙ヲヌグッテクダサルノヲ待チ望ンデイル、ト歌ッテイルノダヨ。

これは、敗戦時のある日、「**あの人**」を指導者として蹶起《けっき》しようとした徹底抗戦派の軍人たちが外国の歌を歌うのを聞いていたまだ幼い「かれ」に、「**あの人**」が歌の意味を説明するシーンです。そして、「**あの人**」の蹶起軍は、「真ノ国体ヲ護持スル」ために、戦闘機を奪取して「大内山〔皇居のこと―引用者注〕」に自爆攻撃を仕掛けようとします。この考え方は、「英霊の声」における三島由紀夫の人間天皇批判に通じるものがありますが、「**あの人**」は、蹶起軍の資金作りのために向かった銀行で強盗と間違えられたのか、米軍飛行士の操縦する偽装された日本軍の戦闘機から機銃掃射を受けたのか、何かよくわからぬ事情から射殺され、結局要領を得ないまま、小説は終わってしまいます（この問題は、後に『取り替え子《チェンジリング》』、『憂い顔の童子』、『さようなら、私の本よ！』で触れられ、『水死』においてさらに深められます）。最後に「月の男《ムーン・マン》」ですが、ＮＡＳＡの宇宙センターから逃げ出した元宇宙飛行士のムーン・マンと呼ばれる人物は、「現人神」であるところの天皇（やはり「**あの人**」と呼ばれます）が、人間の月旅行を神の名において否定することを望んでいます。彼は語ります。

> しかしおれの心のなかには、それがどういう神であれ、自然そのものと呼ぶべき神ですらもあれ、端的にニュートン力学という神であれ、自分が宇宙ロケットにつめこまれて月に向けて打ちだされるのは、その神に対する冒瀆じゃないか、人間としてやってはならぬことじゃないかという、もっと大きくて底深い恐怖があったことも確実なのだ。

この作品も、様々なエピソードが入り混じって全体として混沌たる様相を示しているのは、前作と同様です。あえて、月と天皇を結び付けている点は、三島由紀夫の『豊饒の海』というタイトルが、月面の海の名に因むものであることを意識しているようにも見えますが、それ以上のことははっきりしません。

このように、作品集『みずから我が涙をぬぐいたまう日』で、確かに大江は三島問題に向き合おうと試みていますが、実際にはまだ主題の提示という段階にとどまっているため、作品は混沌としていて、その深化、展開は、今後の大江の文業に懸かっています。

ただ一つはっきりしているのは、大江にとって三島の問題は、天皇の問題であり、同時に父の問題にもなってしまったという、実に複雑な事態です。それは、大江の「本当ノ事」はいつどのようにして表現されるのかという問いとも重なり縺れあって、その存在と文学を根底から呪縛し続けるようになります。

第六章

レイン・ツリーとイーヨー

――『同時代ゲーム』『「雨の木《レイン・ツリー》」を聴く女たち』
『新しい人よ眼ざめよ』
『Ｍ／Ｔと森のフシギの物語』

メキシコの人さらい

大江健三郎という作家は、書かずにはいられない人間です。決して、創作心理は安定していなかった筈ですが、一九七三年には、当時、実際に起こった連合赤軍と機動隊との銃撃戦（あさま山荘事件）を連想させる長篇小説『洪水はわが魂に及び』を発表し、野間文芸賞を受賞しました。ところが、一九七五年、生涯の師と仰いだフランス文学者の渡辺一夫が亡くなります。大江は松山東高校時代にその著『フランス ルネサンス断章』を読んで感銘を受け、渡辺が教えている東京大学への進学を決意したのでした。三島自決によるショックに続き、今度は大きな心理的支えを失った大江は、この時期、詩人の金芝河《キム・ジハ》が政治犯として捕らえられたことに抗議してハンストを行ったりしていますが、実際には茫然たる精神状態だったようです。

一九七六年三月、すべてを切り替えたいという気持ちから、大江は哲学者の鶴見俊輔の仲介を得てメキシコに向かい、七月までコレヒオ・デ・メヒコ（メキシコ大学院大学）で客員教授として日本の戦後文化について講義を行ってから帰国します。メキシコを選んだ理由の一つは、ボルヘス、オクタビオ・パス、ガルシア＝マルケス、フエンテス、バルガス＝リョサら、六〇年代から七〇年代にかけて、ラテンアメリカ圏の文学が世界文学の最先端にあったからで、後にも述べるように、それは全体小説の新しい形を追求する潮流とも重なり合っていました。しかし、大江の心は晴れることがなかったと思います（少なくとも滞在初期は）。二〇一六年、メキシコ国立自治大学で三島由紀夫のシンポジウムが開催された際、私は大江が講義したキャンパスも訪れてみました。『ピンチランナー調書』の原稿を書き直していたというアパートは確かめられなかったのですが、メキシコのギラギラと輝く太陽と、大江の内面の闇との対比について考えたり、三島が大江と渡辺の関係について語ったある言葉を思い起こしたりしました。

あれは山出しの若者が上野駅で渡辺一夫という人さらいにさらわれたようなものだ、と三島は言っていました。三島と親しかった堂本正樹からそう教えられて、私は大笑いしましたが、よく考えてみると、渡辺の『フランス　ルネサンス断章』との出会いがなければ、大江はそもそも東京に来ることがなかったかもしれず、そうだとすれば、小説家大江はこの世に存在しなかったわけです。メキシコの地で、大江自身、こんな思いに捉われたに違いないと私は考えました。

ところが、メキシコの山村に赴くと（私はユカタン半島のウシュマル遺跡を旅しました）、日本の田舎の風景とはまるで違うにもかかわらず、激しい郷愁に襲われることがありました。あの、「飼育」の「水遊び」の場面で描かれたオルガスムと射精後の甘い虚無感を思い起こさせる郷愁です。大江の精神も、その郷愁の力に励起されたに違いありません。そこで芽生えた着想をもとに、三年後の一九七九年十一月二十五日、千枚を超える書下ろし長篇小説『同時代ゲーム』を発表します。私の考えによれば、それを秘かに支えたのは、再び渡辺一夫でした。

　これから述べることは、あくまでも私の空想で、大江がそう自覚したわけではないのですが、渡辺の用いた語に「偽序」という言葉があります。三島の作品集『宝石売買』（一九四九年）に渡辺は序文を寄せており、そのタイトルが「偽序」なのです。それは「序文」のように見えても、実はそれに値しない「偽物」だという謙辞ですが、むしろ、三島の作品自体が「偽物」なんだと指摘する批評眼も示されています。そんな内容の原稿になるかもしれないことを見越して、あえて渡辺に序文を頼み、「偽序」というタイトルのまま自著に収めている、当時二十四歳の三島のふてぶてしさを読み取ることも出来ます。

　大江はこの顰《ひそ》みに倣って「偽史」を書こうとしたのではないでしょうか。そこで批評の対象となるのは日本の歴史、特に三島自決に至るまでの日本近代史です。あえて、三島自決に至るまでというのは、『同時代ゲーム』を読み終えて、その奥付を見ると、発行日が三島自決の日に当てられているからです。そこに書かれた「偽史」の内容は、単に偽の歴史というより、大江にとってありうべき真の歴史に他なりません。その時、作品世界は一つの小宇宙《ミクロコスム》となる。ところで、渡辺一夫は六隅《むすみ》許六《ころく》を名乗る装丁家としても知られていますが、この変名はミクロコスムのアナグラムです（なお、小宇宙は大宇宙の縮図としての人間を指しますが、同時に人間社会の広がりをも含意します）。

想像を膨らませると、『同時代ゲーム』を構想し執筆するにあたって、大江は知らず知らずのうちに渡辺一夫に導かれて、三島および三島の自決に至る歴史と対決しようとしたのだと思われてなりません。死と再生の力漲るメキシコの地に渡辺の魂が舞い降り、茫然たる精神状態にあった大江を、再び拉致したのです。

想像力の羽ばたき

主人公の露己《つゆき》が双子の妹の露巳《つゆみ》に宛てて書いた六本の手紙――『同時代ゲーム』はその手紙によって構成されています。冒頭の段落を引用しましょう。

妹よ、僕がものごころついてから、自分の生涯のうちいつかはそれを書きはじめるのだと、つねに考えてきた仕事。いったん書きはじめれば、ついに見出したその書き方により、迷わず書きつづけるにちがいないと信じながら、しかしこれまで書きはじめるのをためらってきた仕事。それを僕はいま、きみあての手紙として書こうとする。妹よ、きみがジーン・パンツをはいた上に赤シャツの裾を結んで腹をのぞかせ、広い額をむきだして笑っている写真、それにクリップでかさねた、きみの恥毛のカラー・スライド。メキシコ・シティのアパートの眼の前の板張りにそれをピンでとめ、炎のような恥毛の力に励しをもとめながら。

いったい「僕」は何を書こうというのでしょうか。それは父である三島神社の神主が既に決めていたことでした。男児が生まれれば「村であり国家であり小宇宙ですらある」彼らの土地（「谷間と「在」」と言われます）の歴史を書くこと、女児であれば「村＝国家＝小宇宙」の創建者たちを率いた「**壊す人**」の巫女になること（本文中で「**壊す人**」は太字で記されています）。この三島神社というのは、三島由紀夫を意識した命名としか思えませんが、実は、大江の故郷に実在する同名の神社をモデルとしていて、なんという因縁かと驚かずにはいられません。『同時代ゲーム』は大江の想像力の産物ですが、しかし、大江の故郷の山村にその想像力の基盤があり、同時に想像力によって現実の歴史が塗り替えられもする構造になっています。「**壊す人**」は時空を超えた存在で、「キノコのように小さく乾いて冬眠していた**壊す人**を「穴」から見つけ出してよみがえらせ、犬ほどの大きさにまで回復させた」のは、「僕」の双子の妹の露巳なのでした。

書かれるべき「村＝国家＝小宇宙」の歴史をもう少し紹介しましょう。

> かつて村＝国家＝小宇宙には、ひとりの新しい子が誕生すれば、もうひとりの嬰児の出産を待って対《つい》の二人をつくりだし、二人してひとつの戸籍に登録する仕組があった。それは創建期につづいた「自由時代」と呼ばれる長い時期の後、表層としては村＝国家＝小宇宙が、大日本帝国に屈服してのちに、もうひとつ深い層での抵抗の仕組としてつくられたものであった。ところがその仕組も、百年たたぬうち村＝国家＝小宇宙が大日本帝国との間に戦った、五十日戦争の敗北により崩壊した。この仕組みの構想の根本を支えた**壊す人**にも、それを立てなおすまでの力はなかった。

したがって五十日戦争後に生れた僕は、世間並に自分ひとりでひとつの戸籍をしめる者として、そのように現実世界を生きることになった。それでいて僕は小学校にもあがらぬ前から、**壊す人**の構想へと先祖帰りして、この世を生き死にするもうひとりの自分を見つけ出していたのだ。すなわち双子の妹であるきみを。

この自由自在に飛翔する想像力の羽ばたき――、読者の皆さん、あなたにはそれが聞こえるでしょうか。三島、渡辺と、その方向性は真逆でしたが、いずれも大きな影響を与えてきた二人の死によって、大江の筆の運びは著しく混乱していたはずです。ところが、『同時代ゲーム』によって、大江は見事に復活したと言わなければなりません。前にも述べたように、高校時代以降、長く大江を敬遠してきた私ですが、二十歳代の後半になって『同時代ゲーム』をようやく手にして、はじめて大江は面白いなと思ったことを、ここで告白したいと思います。

野間宏『青年の環』を読む

……そういうわけで、長い間私は大江文学の最高傑作は『同時代ゲーム』ではないかと考えていました。ところが、ある時私は、待てよ、と考え直すことになったのです。本作が傑作であることは間違いないのですが、怪物的本性と言うべきか不穏な力と言うべきか、根本的な何かがそこから抜き取られているような気がしたのです。

この点について検討するにあたり、少し回り道になりますが、日本における代表的な全体小説と目され、大江自身、著者との対談で「最終巻を読み終えて深く感動しています」、「「全体小説」とはこういうものかとまことにはっきりしたと思います」（「文芸」一九七一年三月号）と絶賛した野間宏の『青年の環』について考えてみたいと思います。『青年の環』は戦後すぐ書き始められ、途中、長期間の中断や書き換えを経て、一九七一年に完結した八千枚に及ぶ巨篇です。議論の必要上、その内容をあえて圧縮して述べれば、次のようです。

日中戦争下、舞台は一九三九年の大阪、左翼活動の徹底的弾圧という状況下にありながら、人民戦線（共産主義インターナショナル第7回大会において唱えられた反ファシズム統一戦線）と部落解放運動との連携の中に新たな革命の可能性を探る矢花正行《やばなまさゆき》、戦時の国力を左右する電力事業の大実力者で政財界の黒幕でもある父に殺意を抱く梅毒患者の大道出泉《だいどういずみ》、出泉の父・敬一の愛人と結婚するという奇策によって、敬一を陰から意のままに動かそうとする被差別部落出身の田口吉喜《たぐちよしき》という三人の青年が主人公で、その縺れ合うような関係が描かれます。出泉は、矢花の左翼活動を密告すると仄めかす田口を絞殺して矢花を守り、自身はピストル自殺をするというのが全篇の結末ですが、この小説の最大の魅力は、読み進めている間、作品世界についてのその都度都度の理解、解釈が必ず裏切られ、謎が謎を呼ぶ筋の運びになっていることです。それを象徴するエピソードを一つ紹介しましょう。

　出泉と田口の事件は闇に葬り去られるものの、それが原因となって敬一が失脚する可能性が『青年の環』の最後の一行で暗示されます。ところが、野間は小説作品が終わった後の展開について別の考えを持っていて、それによると敬一はここで身を退いたためにかえって戦犯を免れ、戦後再び力を振るうようになるというのです（菅野昭正との対談「『青年の環』をめぐって」、「図書」一九八四年二月号）。しかし、彼がその権力を持ち続けるのかどうか、それはわかりません。

　右が意味するのは、『青年の環』はたとえある文章がＡと言っていても、それが本当にＡであるのかどうか、その箇所だけ読んでいても決定出来ないということです。大江は、この部分を例として取り上げているわけではありませんが、ここに認められる方法論について、作家論集『同時代としての戦後』（講談社、一九七三年三月）の巻頭に収められた「野間宏・救済にいたる全体性」で、次のように述べています。大江の説明は、作中人物および読者という契機をも含んだかたちで（さらに一九六三年に結ばれた部分的核実験禁止条約に賛成する側に立ったために共産党を除名された野間自身の年譜的事実をも踏まえて）展開されている点に特徴があります。

かれ〔野間宏のこと―引用者注〕はまずひとりの人間の、ある側面をかたる散文を書きしるす。そして、自分が言葉を書きしるしている紙を、机のむこうから注視しているところの他者を、おそるべき公平さ、ほとんど自己否定的な公平さで喚起する。その他者の声が、いま書かれたばかりの散文にむかって発する批判が、野間宏の想像力を、すくなくとも二重構造にする。そこであらためて新しい散文が書きしるされる。〔……〕いま書きあげられた『青年の環』の想像力の世界に、読者として参加しようとすると、そのつねに机のむこう側から、野間宏にたいして声を発しつづけてきた他者とは、ほかならぬわれわれをもふくむ、読者の視点であることに気がつかざるをえない。しかし、幾重にもかさねられた、その読者の視点とは、いうまでもなくわれわれの「個」を超えている。それは「綜合された読者の視点」であり、その綜合的な多様性のきわみの他者を、繰りかえし自分の想像力に喚起することによって、野間宏は、かれ自身を全体化し、かれの小説を、党を追われた実践家であるかれがなお全力をあげて認識する、この世界全体に拮抗するほどにも全体化したのである。

先に挙げた例は『青年の環』の最後の一文なので、これに加えて「あらためて新しい散文が書きしるされる」ことはありませんが、大江の分析は他の多くの『青年の環』の作中エピソードにもあてはまり、野間自身の全体小説論である『サルトル論』(河出書房、一九六八年二月)以上に包括的かつ明晰に、『青年の環』が全体小説である所以を説明しています。同時にそれは、『万延元年のフットボール』における謎の螺旋階段についての自己解説にもなっています。そうだとすれば、自作『万延元年のフットボール』が全体小説であると自覚することのなかった大江ですが、実はそれが全体小説として高度の成功を収めていることを、そうと意識せずに認識していたわけです(ちなみに『青年の環』においてデュボアの言う「特異な要因」とは何かと問うなら、革命の可能性の追求ということになるでしょう)。

ところが、次の文章を見てください。ここでは大江は、『青年の環』に対する評価を一八〇度変えたような発言をしています。

野間宏は社会主義リアリズムを超えたシンボリックなリアリズムとでもいうことを考えて、戦前の大阪の未解放部落とその周辺の社会を、バカ正直なほど全体的に表現しようとしました。ある食べ物が出てくるとすると、その食べ物がどのように出来上がってくるかということも全面的に書く、という仕方で彼は長く、長く書いたのです。〔……〕ところが、『吉里吉里人』のような小説が出てきて見ると、そこにはいままで全体小説というあいまいな思想が目指していたものが、一挙に実現されていることを発見することができる〔……〕それに加えてこのところ社会全体をあらゆる側面をとおして、これも一挙にとらえうるような文化思想が出てきた。山口昌男を代表とするような、文化人類学的思考ということがそうじゃないか、とぼくは思っています。ぼくたちが強く山口さんの仕事に刺激を受けるのは、彼が小説の世界でいえば全体小説に当たるような仕組み、目の開き方を思想全体に及ぼしているからじゃないかと思います。（井上ひさし、筒井康隆との座談『ユートピア探し　物語探し』岩波書店、一九八八年五月）

右の発言は一九八四年のもので、『同時代ゲーム』から五年近い時を経ています。座談のおよそ二年後に刊行された『M／Tと森のフシギの物語』（岩波書店、一九八六年十月）を予見する発言のように聞こえますが、ここで井上ひさしの『吉里吉里人』（一九八一年）を例に出して大江が語る全体小説の考え方は、遡って『同時代ゲーム』にもあてはまるものです。

遅れてきた構造主義者

問題を整理しましょう。デュボアが言うような意味での全体小説を『万延元年のフットボール』や『青年の環』は、高い水準で実現していました。大江は前者についてはそう自覚しませんでしたが、後者については適切に認識していたと思います。

だが、三島の死は大江に深刻な打撃を与えます。先に引いた作家論集『同時代としての戦後』は野間宏論から始まり、締めくくりは三島由紀夫論です。大江は野間の光の中に三島を包摂することで、その死による動揺を封印するとともに、これから同時代の文学を引っ張ってゆくのは大江自身だと訴えようとしたと考えられます。けれども、その議論はうまくいっているようには見えません。あたりまえです。この段階では大江は三島とも天皇とも、そして自身の父とも、いまだ充分に向き合えていないからです。

しかし、メキシコ滞在中、ラテンアメリカの文学作品、作品名を挙げるなら、バルガス＝リョサの『緑の家』（一九六六年）、ガルシア＝マルケスの『百年の孤独』（一九六七年）やカルロス・フエンテスの『テラ・ノストラ』（一九七五年）など、新たな全体小説の方法を模索する多くの作品に刺激を受け、大江は『万延元年のフットボール』や『青年の環』とは異なる形での全体小説を目指し始めました。

ここで大江が参照したのは、文化人類学および構造主義の方法論でした。具体的に言えば、山口昌男が提唱した「中心／周縁」の二項対立的な枠組み（周縁による共同体全体の活性化を意味します）を、『同時代ゲーム』における大日本帝国と「村＝国家＝小宇宙」との対立の構図に、そのままあてはめたのです。そうすることによって、ちょうど『吉里吉里人』が「吉里吉里国」なる独立国家を描いているのを先取りするように、大江は作中に一つの小宇宙《ミクロコスム》を生み出したのでした。

さらに大江は、『M／Tと森のフシギの物語』を刊行します。この小説の作品世界は『同時代ゲーム』の世界と同じです。つまり旧作のリライトなのですが、いくつかの相違点もあります。まず、「僕」が妹に手紙を書くという構成ではなく、「Kちゃん」と呼ばれる「僕」による「です・ます」調の語りになっていることがそうですが、それ以上に重要なのは、matriarch（女族長）の略語であるMと、トリックスター（集団の規則や秩序を破るいたずら小僧）を意味するTの組み合わせに着目している点です。代表的なM／Tの対《つい》を紹介するなら、『同時代ゲーム』で描かれた「村＝国家＝小宇宙」の復古運動の女性指導者の「オシコメ」と、やはり「村＝国家＝小宇宙」の一揆の首謀者の一人であった「亀井銘助《かめいめいすけ》」です。『M／Tと森のフシギの物語』の冒頭には、国民学校の先生が、大日本帝国の版図を天皇、皇后両陛下が見下ろす地図を描いたのに対抗して、子どもの「僕」が、M／Tに覆われた次のような世界像を描いたことが記されています（そのために「僕」は先生に殴られるのですが）。

　僕の絵はまず画用紙の中央に、森に包みこまれた谷間を描きこんでいました。谷間の中央を流れる川と、そのこちら側の盆地の県道沿いの集落と田畑に、川向こうの、栗をはじめとする果樹の林。山襞にそって斜めに登る「在」への道。それらすべての高みをおおって輪を閉じる森。僕は教室の山側の窓と、川側の廊下をへだてた窓を往復しては、果樹の林から雑木林、色濃いヒノキの森、杉林、そして高みに向けてひろがる照葉樹林を、ていねいに写生したものでした。

　その上で、森の谷間を見おろす空いっぱいに、雲に囲まれた大女と、その子供ほどの大きさの大人の男とを描いたのです。大女は、長い髪を肩から背に梳きながして、雲にさえぎられた足頸のところまで寛衣をまとっています。もし聞かれたとすれば、名前も答えることができます。オシコメ。祖母から聞いた昔話で、そのように呼ばれている大女。男の方は、オシコメよりずっと小柄ながら、侍の姿をして、右腕には長い鉄砲を抱えこんでいます。こちらも昔話として話されるけれども、村の歴史の記録を見てゆけば、実際の足跡をたどることのできる亀井銘介。

　もう一つ『同時代ゲーム』には無かった重要な要素について指摘しなければなりません。それは、Ｍ／Ｔの対の系列の最後に、「僕の母」と、障害をもって生まれた「僕」の子である「光さん」との対が現われることです。脳の手術を終え、『くまのプーさん』に出てくるロバのぬいぐるみの名に因んで「イーヨー」と呼ばれていた光さんは、鳥の声を聞き分けるなど音に敏感なことから、やがて作曲家としての才能を発揮して、もはや「イーヨー」ではなく光さんとして、Kowasuhito という楽曲を作ります。それは、「僕の母」が光さんに語り聞かせた「谷間と「在」の神話と歴史」に基づくもので、「森のフシギ」という奇妙な物質がリンリンと鳴る音楽のように思われました。

このような二項対立的な枠組みや対構造の組み合わせによって、世界の全体を一挙に捉える方法、それは散文小説というより詩の方法ですが、同時に構造主義的な方法です。本書で見てきたように、垂直、そして水平の方向性への着目など、もともと大江には構造主義的思考への親和性がありましたが、大江は今、世界思想史の潮流から見ると、やや時代遅れであることを承知しながらも、いわば遅れてきた構造主義者として独自の全体小説を成し遂げたと考えられるのです。

しかし、注意を要することがあります。それは同時に、かつて『青年の環』に与えた評価を否定すること、ということは、『万延元年のフットボール』の優れた特質を、みずから手放すことでもあったということです。確かに、デュボアが言うような意味での全体小説も構造化されることが必須の条件でしたが、そこには時間性も内包されていました。ところが、『同時代ゲーム』、『M/Tと森のフシギの物語』の構造にはこの時間性が欠けています（この変節の過程を如実に刻んでいるのは、一九七六年十二月刊行の『岩波講座　文学12』に寄稿された大江の「全体とは何か、全体を見る眼はどのような眼であるのか」です。この論文ではトルストイの『戦争と平和』が取り上げられますが、前半では「綜合された読者の視点」に関連する話題が展開するのに、後半はトリックスターが扱われます）。

これはＳａｆｅｔｙ　Ｔｏｙです。安心してお読みください

先に述べたように、『同時代ゲーム』は私がはじめて面白いと思った大江作品です。私自身も幼いころ、よく空想の世界地図を描いて一人で遊んでいたので、『Ｍ／Ｔと森のフシギの物語』の冒頭のエピソードにも共感出来ます。しかし、ある時私は気づいたのでした。私がそれまで大江作品を敬遠してきたのは、何よりも、読んでいて、こちらの精神が掻き乱されるのが不快だったからです。逆に言うと、『同時代ゲーム』や『Ｍ／Ｔと森のフシギの物語』は安全で、だから私は安心して親しむことが出来るのかもしれない。このおもちゃには、ぐるぐると続く謎の螺旋階段など付いていないので、安心して遊べますというマークが、眼には見えませんが、付いているのです。

これを別の角度から言えば、『同時代ゲーム』の場合には「村＝国家＝小宇宙」の歴史の中に、『Ｍ／Ｔと森のフシギの物語』の場合にはＭ／Ｔの対の組み合わせの中に、大江にと

っての難題である三島、天皇、父の力を封じ込めたことを意味するでしょう。少なくとも、大江はそう企図した。
しかし、そんな試みは首尾よく運ぶものでしょうか。むしろ、真におぞましい力はそこから追放排除され、そのために『同時代ゲーム』と『M／Tと森のフシギの物語』という二つの作品は、一見、豊かで複雑であるように見えながら、結局のところ除菌、脱色されているレトルトカレーのようなものだとも考えられるのです。他方、『万延元年のフットボール』は血や体液が滴り落ちる生肉料理でした。『同時代ゲーム』の末尾近く、このタイトルの由来の説明とも思われる次の一節がありますが、それはこのことをよく証明しているように、私には思われます。

この太陽系にとどまらず、銀河系宇宙に見出されるすべての惑星、それになお別の複数の宇宙、そこに見出さるべき無限なほどの数の惑星。それらの星のいずれに向けても、一瞬で到達しうる宇宙船があるものとする。無限なほどの数の惑星のうちには、地球と似かよった環境の惑星も、やはり無限なほどの数あるだろう。そこには人類と似かよった生物も、これまた無限なほどの例が見出されるはずである。そのようなほとんど無限の数の人類、または人類に準ずる者らについて、宇宙船で訪ね歩く。それはそのいちいちの惑星に、それ固有の時があり、つまり空間×時間のユニットをなしているのに接することだ。もしそれらほとんど無限の数の、空間×時間のユニット群を一望のもとに見わたしうるならば、それを見る眼は、地球の人類史の全域にわたることどもが、いちどきにすべて起っているのを眺めることにもなるだろう。そうだとすれば、その眼はそれらほとんど無限に近い空間×時間のユニットのなかから、ゲームのように任意の現実を選びとって、人類史をどのようにも組みかえることができよう……いまわしらが生きておる、この今につながってくる歴史も、そういうもののひとつにすぎんか知れんが！

　ゲーム感覚で自由に順列組み合わせを試すことで、現代を表現する。さらには、同時代を牽引する。これは、作家論集『同時代としての戦後』の試みの再挑戦と見なすことが出来ます。

　しかし、不思議に思うことがあります。なぜ「人類と似かよった生物も、これまた無限なほどの例が見出されるはずである」などと楽天的に信じて、ウキウキするような気持ちでいることが出来るのでしょうか。もし知的な他星人に出会ったら、彼は、そんな手前勝手な順列組み合わせなど断乎拒否し、私たちと敵対するに違いありません。いや、そもそもの話があります。私は最近、ジョン・グリビンの『ひとりぼっちの宇宙――なぜ地球は一つしかないのか』（二〇一一年、未邦訳）という本を読みました。それによれば、この広い宇宙の中で、地球以外にも生命の存在する星はあるかもしれませんが、人類のような知的生命体の存在可能性は限りなく小さいというのです。液体の水が大量に存在しうる温度が保たれていること、太陽を回る地球の軌道が円形に近いこと、巨大な惑星である木星のおかげで小惑星や隕石が地球に衝突しないように守られていること、太陽が大き過ぎも小さ過ぎもしない安定した恒星であること……人類の存在に必要なこうした条件がすべて揃うことは、計算上、極めて稀なことなのです。

　こう考えると、大江が『同時代ゲーム』や『M／Tと森のフシギの物語』で提起する世界観は、驚くほど単純で、真の意味での他者を排除し、金太郎飴のように同質均等な構造で成り立っていると言わざるをえません。それはナルシスティックに自閉しています。逆に言えば、『万延元年のフットボール』（や『青年の環』）が持っている、話の展開が予測不能で、謎が謎を呼び続ける不穏な力を欠いています。

アブジェクションとしての雨の木《レイン・ツリー》

では、『同時代ゲーム』、『M／Tと森のフシギの物語』という二つの作品から排除されたおぞましい力は、そのまま消滅してしまうのかと言えば、そうはゆきません。精神分析にアブジェクションという考え方があります。排除、棄却されたおぞましいものを指しますが、それは自身を追放した構造の向こう側から執拗に誘惑してきます。そういう眼で見るならば、『同時代ゲーム』、『M／Tと森のフシギの物語』という二つの作品の間にはある裂け目があって、そこに水子《みずこ》のように不気味なものが漂っているのがわかります。漂いながら、次第に加速度を上げて迫ってくる。二つの連作集『「雨の木《レイン・ツリー》」を聴く女たち』（一九八二年）、『新しい人よ眼ざめよ』（一九八三年）は、まさにその、こちらに向かってくる水子の霊だと私には思われます。

雨の木《レイン・ツリー》とは何なのか？　『「雨の木《レイン・ツリー》」を聴く女たち』の巻頭に収められた「頭のいい「雨の木《レイン・ツリー》」」では、ハワイ大学のセミナーに参加していたアガーテという中年女性の次のような言葉が紹介されます。

「雨の木《レイン・ツリー》」というのは、夜なかに驟雨があると、翌日は昼すぎまでその茂りの全体から滴をしたたらせて、雨を降らせるようだから。他の木はすぐ乾いてしまうのに、指の腹くらいの小さい葉をびっしりとつけているので、その葉に水滴をためこんでいられるのよ。頭がいい木でしょう。

語り手の「僕」はこの雨の木《レイン・ツリー》のイメージを膨らませて長篇小説を書く構想を抱いているのですが、結局うまくゆかず断念します。しかし、書き溜めた草稿の中からある程度まとまったところだけを独立させ、「泳ぐ男——水のなかの「雨の木《レイン・ツリー》」」として、長篇と平行して書き進めてきた連作集の最後を締めくくる中篇小説に仕立てることにしました。実は、この経緯の説明自体が、既に、「泳ぐ男——水のなかの「雨の木《レイン・ツリー》」」の冒頭部分を構成するのですが、その後、話はどのように展開するのでしょうか。

後に続くのは、「僕」と同じ水泳クラブに通っている猪之口さんというＯＬの女性が、公園のベンチに縛り付けられて強姦殺人されるという物語です。犯人の中年男は犯行後すぐ縊死するのですが、事件後、「僕」は自身のよく見る恐ろしい夢について語ります。

その恐しい夢が、僕には二種ある。ひとつはその夢からさめた時、夢からはみだしてつづく痛苦の感情のなかで、これはいつか自分が実際にやってしまうことの予告だと感じられる夢だ。たとえば酔っぱらった末に女子中学生を強姦して、彼女を殺してしまってはいないまでも、下腹部を恢復不可能なまでにめちゃめちゃにしたところで、眼がさめる夢。それは夢なのだと、現実に自分のやったことではないと、眼ざめた僕は知っているのであるが、夢のなかで自分が襲いかかる前、薄昏い浴室でシャワーをあびていた女子中学生の、臍からしたが妙に広びろとした腹と、その腹のはしに親指ほどの量の恥毛がこびりついて、そこから水がしたたっていた眺め。自分はあの恥毛が下腹をもうすこし生えのぼることすらさせないような、この世界の邪悪な力にくみしたという思いがあり、かつものほしげに小っぽけな恥毛と広い腹との眺めの記憶に舌なめずりするようでもある、そのねじくれ曲った痛苦。自分はやがてこれを現実にやってしまうだろう、自分をこちら側にひきとめている錘《おも》りはおよそ不確かなものなのだから……

　もうひとつの夢は、現実におこったものとして新聞で読む性犯罪を、本来は自分のものであったのだと、あらためてやりなおす夢、他人に先をこされた犯罪をとりかえそうとする夢だ。現にＯＬをベンチの背にゆわえつけて殺す夢は、事件のすぐのちに見た。

女の顔は汗に濡れて重く乱れた髪のかたまりに覆われていたが、当のベンチは乾燥室の棚そのままで、僕がペニスを押しつけたところは、恥丘から肛門まで墨色の瓢箪《ひょうたん》型がかこんでいた。僕はその残像をなおも見るようにして、鳴きながらぶつかってくる鳩を押しかえしながら、小屋の柱にベルトを結びつける。そしてワーッと叫びながら群衆がかたまる広場へ跳びたつと、自分の頸の折れるポキンという音がする。ついになしとげたという晴ればれした思いがあり、いやおれはなお執行猶予のままだという、眼ざめての感情が一拍遅れてやってくる……

「乾燥室の棚」というのは、水泳クラブのプールの乾燥室で猪之口さんが「両足を棚にあげて、それも股をひろげ、下腹には肛門までさらけだす角度をもたせて、性器と、それをめぐり瓢箪型の輪郭をなす恥毛の全体」を、同じ水泳クラブの会員の「玉利君」に見せつけたエピソードのことを指しています。実際の強姦殺人犯は別にいるにもかかわらず、「僕」はこんなことも空想します。

　性的なレヴェルでの攻撃本能を満たしえぬまま、カッとして玉利君は猪之口さんの頸を締める。僕は猪之口さんの陰部に鼻を近づけてじっとしているが、精液の匂いはなく、すでに酸っぱくなりはじめた、発情した性器の匂いのみがする……
あの青年は満足に性交さえなしとげることなく、年上の女を扼殺して生涯を棒に振ったのだ。その思いが僕の胸をさしつらぬく。

いったいこの話は何事でしょうか。今一度確認すると、大江は自作の構造の中に三島、天皇、父の問題を封じ込めようとしましたが、実際にはそれらの不穏な力は排除されず、その魅惑から、私たちは逃げられない。ところが、実際に目の前に迫って来たのは、三島、天皇、父の問題というより、より不定形な何か、あえて言えば、初期大江文学の重要な帰着点だった赤ん坊殺しとアナルセックスのテーマだと言えます。なぜそう言えるのかと言えば、夢の中で少女の子宮は既に破壊されて妊娠、出産は出来ず、挿入可能な箇所は肛門しか残されていないからです。そんな残虐行為に対する償いとしての首吊り自殺の光景も、そこに伴っています。その時、水滴をためこんだ「頭がいい」雨の木《レイン・ツリー》の葉のイメージは、「親指ほどの量の恥毛」、もしくは「墨色の瓢箪《ひょうたん》型」のイメージによって置き換えられます。

イーヨー、とうとうやってしまったなあ

連作集『新しい人よ眼ざめよ』の場合はどうでしょうか。ウィリアム・ブレイクの「ミルトン」の序文の一節である Rouze up O Young Men of the New Age! に因んだタイトルのもと、作家の「僕」が、障害のある「イーヨー」との生活を綴ったのがこの作品ですが、『「雨の木《レイン・ツリー》」を聴く女たち』の場合とは異なり、ここには三島＝天皇＝父の問題が明示的に表現されています。父の問題については、旧作「父よ、あなたはどこへ行くのか？」の内容が直接引用されていることから明らかですが、三島については、次のエピソードが強烈な印象を与えます。「自決したMさんと僕について修士論文を書いている」アメリカの女子学生のマリオンさんと「僕」との会話に、突然「イーヨー」が加わって来る次の場面です（なお、マリオンさんのモデルであるスーザン・ネイピアは、『荒野からの脱出――三島由紀夫と大江健三郎の小説におけるロマン主義とリアリズム』〈一九九一年、未邦訳〉の著者です）。

――そういえば、性についても暴力についても、Mの美的なイメージは、筋骨隆々の大男の書くものとしては受けとりにくかった、というマリオンの、納得のいく思いもする

対応を、脇から息子がさえぎって突然こういったのだ。

――**本当に背の低い人でしたよ、これくらいの人間でした！**

アメリカ人の女子学生をびくりとおののかせるほどの大声でいったのだが、つづいてかれは食卓の脇にしゃがみこんで、床から三十センチほどの高さに水平に掌をさしのべ、その下を覗きこんで、具体的なにものかを見まもるふうである。

――イーヨー、きみはMさんのこと覚えていたかい？　いままでそんなことは一度もいわなかったのになあ。不思議だね。

僕はそういったが、当の息子の言葉と身ぶりの示すものについては、すぐさま実体に思いあたっていた。Mさんが市ヶ谷にある陸上自衛隊の東部総監部というところに闖入し割腹自殺した、その際の新聞写真の、床に直立していた血まみれの首を息子は思い描いているのだ。


「Mさん」とは三島由紀夫そのものです。ここで「イーヨー」は「僕」の秘かな欲望を「僕」に代わって実行しています。その欲望とは、「僕」を呪縛する三島の存在を、三十センチほどの高さしかないちっぽけな存在だと貶めることです。

では、「僕」の夢に現われる次の「イーヨー」はどうでしょうか。

夢のなかの息子はやはり全裸なのだが、その全裸の躰いっぱいに邪悪で醜いものをあらわして暗い台所に立っているのである。裏口から戻ってきたまま股を開いて立っている、爬虫類のような強い匂いが、眼ざめた後の鼻孔に残っているほどであった、そのイーヨーの下腹に鼻をすりつけるようにして、僕はしゃがみこんでいた。僕はイーヨーの射精してなお萎《しぼ》んでいない——こういう状態を村の青年団の者らが、生立《なまだ》ちといっていたように思いだしながら——性器を調べるべく裸にしたのであったから。握りごたえのあるものを皮袋につめたかたまりのようなイーヨーの性器は、夜目にもあきらかに血で汚れていた。そしてもっとも深い絶望とないあわさった、嗄《しわが》れた叫び声をあげてしまいそうな奇怪な歓喜が、僕をとらえたのである。息子を追ってきた、決して傷つけてはならぬ善良な市民らが、家の周《まわ》りにひしめいている気配をも感じとり、——イーヨー、とうとうやってしまったなあ、と絶望の声とも歓喜の鬨《とき》の声ともつかぬ声をかける。僕を見おろしているイーヨーの二倍にもふくらんだ顔、牛の眼玉のような眼、薄く開いた唇《くちびる》からそりかえるようにして長く突き出た舌。そしてなにより肩と上膊のなんとも異様な巨大さと、そこいらの皮膚いちめんにあらわれている鱗《うろこ》……

これはブレイクの「蚤《のみ》の幽霊」というタイトルの幻像肖像画《ヴィジョナリー・ヘッド》に触発された「僕」の夢ですが、夢の中での「イーヨー」は、紛れもなく「僕」自身の欲望の実行者として、「泳ぐ男――水のなかの「雨の木《レイン・ツリー》」の夢で描かれたのと同じ性的暴行を、たった今働いてきたのでした。

ここに明らかなように、『「雨の木《レイン・ツリー》」を聴く女たち』と『新しい人よ眼ざめよ』には、文化人類学的、構造主義的な意味での全体小説としての『同時代ゲーム』からは排除されたおぞましいものが乱反射しています。

しかし、『新しい人よ眼ざめよ』の終幕で、「僕」は『同時代ゲーム』に描かれた空間×時間のユニットの話を持ち出して、収拾のつかない混乱に陥りかけたストーリーを辛うじて整えています。最後に、二十歳を迎えた「イーヨー」が、もはや「イーヨー」ではなく光さんとなるというエピソードが、小説のタイトルの由来となったRouze up O Young Men of the New Age!という語句と結び付けられて、不気味なものが襲ってくる裂け目は閉じられます。そして、次に『M／Tと森のフシギの物語』が書かれることになるわけです。

しかし、これは半ば冗談で言うのですが、大江はうまく裂け目を縫い合わせたつもりでも、おぞましいものはちゃんとそこに存在証明を残しています。それはM／Tのことです。大江はこれについて、女族長とトリックスターのことだと言っています。しかし、むしろ三島のMであり、天皇のTではないでしょうか（かつ、三島とともに死んだ森田のMと楯の会のTです）。大江はそれと正面から向き合うことを、依然として避けている。逆に三島と天皇の方が、大江を見据えているのです。

第七章

ピンチランナーは生還するか

——『懐かしい年への手紙』『燃えあがる緑の木』

最後の小説

『M／Tと森のフシギの物語』を書き終えた大江は、「「最後の小説」は、計画をたて、よく構想し、時間と労力を充分につぎこんで達成したい」（「最後の小説」、「新潮」一九八八年一月号）というようなことを言い始めます。大江はその時、自身の文学活動にはまやかしと偽善があること、言い換えれば、いまだ「本当ノ事」を表現していないことを、どこかで自覚していたと思いますが、意地悪な眼で見れば、その部分に蓋をしたまま、逃げ切りを図ろうとしていると考えられます。旧作『ピンチランナー調書』の言い方をもじるなら、今こそピンチランナーを送り出し、ワンヒットで生還させて、勝負に決着をつけてしまおうというのです。一九八七年に講談社から書下ろしで刊行された『懐かしい年への手紙』、およびその続篇と言うべき作品で、一九九三年から一九九五年にかけて雑誌「新潮」に三回に分けて掲載された『燃えあがる緑の木』三部作は、前者は千枚を越え、後者は二千枚に及ぶ大作には違いありませんが、文学上の著しい深化や飛躍があるというよりも、右のような意味でのピンチランナーとして書かれたものとして理解出来るように私には思われます。

では、もっと具体的に言って、そのピンチランナーの切り札は何でしょうか。そして、逃げ切りは成功するのでしょうか。ちなみに『燃えあがる緑の木』の第二部『揺れ動く（ヴァシレーション）』発表後の一九九四年十月、大江は川端康成に続き日本人で二人目のノーベル文学賞受賞者となります（第三部『大いなる日に』の原稿は、その直前に書き終えられていました）。このことは、大江文学にとっても日本文学にとっても（そして世界文学にとっても）実に大きな意味のある出来事ですが、いったいどのような観点や文脈においてそう言えるのか、少々込み入った話になると予想されるので、この点については次章以降に考察したいと思います。

Kちゃんとギー兄さん

『懐かしい年への手紙』は、「奇妙な仕事」、「死者の奢り」以来、大江自身の作品と同じ小説を書いてきた「Kちゃん」と呼ばれる「僕」が、少年時から兄と慕っている存在で、故郷の森の谷間に「根拠地」と名付けられるある種のサークルを築こうとする「ギー兄さん」との関係を、過去に遡って回想する小説です。その中から二つの話題を紹介しましょう。

まず一番目ですが、この小説には、一か所だけ三島由紀夫が実名で登場します。前にも少し触れましたが『個人的な体験』の結末に対する批判に関することで、作者を、「映画はハッピー・エンドでなくてはならない、というプロデューサーに屈した監督」に擬えた三島の書評が「大方の批評家たちを先導する役割を果たしていた」と考える「僕」に対して、ギー兄さんは次のような手紙を送って来ます（「オユーサン」は「僕」の妻、「アサちゃん」は「僕」の妹です）。

Kちゃんの今度の小説が、唐突なハッピー・エンドだという批判。それはいろんなかたちで見られる。そしてそれらはみな、正しいのじゃないだろうか？　自分としては、Kちゃんが小説を読むオユーサンの気持を考えもしたことがわかる。しかし、これはアサちゃんのいうことだが、それならばKちゃんは日頃の想像力論にもとづいて、まったく空想的な物語を作るべきだった。

しかし、その上でギー兄さんは、現行のテキストを生かしつつ、二つの修正案を提示します。一つ目は＊マークから後をすべて削除することで、これは、大江が英訳者のジョン・ネイスンに送った手紙の内容と同じ方法です。もう一つは、いくつかの部分は削除するものの、基本的には＊マーク以降も残す方法です。たとえば、手術が終わって赤ん坊が退院した後に、義父が「おめでとう、鳥《バード》、きみに似ているね」と言うのを「鳥《バード》、きみに似ているね」だけに変更したり、鳥《バード》が「赤んぼうは正常に育つ可能性もありますが、I・Qのきわめて低い子供に育つ可能性もおなじくあります。ぼくは赤んぼうの将来の生活のためにも働いておかなければなりません」と言うのを、後半の「ぼくは赤んぼうの将来の生活のためにも働いておかなければなりません」のみに短縮するやり方です。

しかし、結局のところ「僕」はいずれの修正案をも拒否します。その理由は「ギー兄さんに森のなかの土地の根拠地があるならば、自分にとっての根拠地は、この息子と妻との東京での家庭だ、という強い思いが湧いたのだ」というものでした。

ここでのギー兄さんの役割は何でしょうか。それは、「僕」の文学の偽善とまやかしを三島と一緒になって批判するように見えて、実はそうではなく、むしろ反対に、三島の書評を物わかりの良い立場から語り直すことによって、「僕」に向けられた批評の牙を取り除いてしまうこと、そして深い葛藤を回避しながら、「僕」が『個人的な体験』の修正案を否定する筋道を用意することだと言えます。

これほどまでに優しいギー兄さんであるからこそ、「僕」は兄と慕うのですが、それでは、この直後に続く左のエピソードは、どう理解したらよいでしょうか。「さて、その翌年の春のこと、「事件」が起ったのである。全国紙にも小さな規模で載った記事に気がつかなかった僕は、妹の手紙ではじめて「事件」を告げ知らされた」といいます。それはいったいどういう事件なのか。「僕」は次のように要約しますが、「繁さん」とは、ギー兄さんと夫婦同様の関係にあった新劇女優です（引用文中にある「セイさん」とも、ギー兄さんは同じ関係にありました）。

〔……〕ギー兄さんが強姦殺人の被疑者として逮捕された。ギー兄さんは繁さんを強姦しようとして抵抗を受け、石で頭を殴り潰してしまった。そのあと姦淫をなしとげたとも、人はいっている。〔……〕それからギー兄さんは、繁さんの肉体訓練のための稽古場に、つまり蔵屋敷の二階にひとり登って行った。そこに置いてある芝居のための化粧品のなかから、朱色の顔料を選ぶと、短く刈っている頭と顔を塗りつぶし、肛門にキウリを差し込んだ素裸で、エビス様の載っかっている頑丈な梁にロープをかけて縊死をはかった。芝居の小道具のロープを、ひとかかえもある高い梁の向うへ投げとおそうとしてうまくゆかぬ。そのパタリパタリという音に気がついて、セイさんがギー兄さんの居場所をさぐりあてたのである。

結局、ギー兄さんは自殺に失敗して逮捕されるのですが、これが『万延元年のフットボール』のエピソードをなぞったものであるのは一目瞭然です。

けれども、『万延元年のフットボール』においては、頭を真赤に塗った縊死体と霰弾銃自殺をした鷹四は、いずれも蜜三郎に向かって、お前はいつ「本当ノ事」を言うのか、ひいては大江自身に向かって、お前はいつどのようにして自身の文学の偽善性と向き合うのかと厳しく問い詰める存在でした。ところが、『懐かしい年への手紙』のギー兄さんは、事件後、獄中での十年間は音信不通で、やがて「僕」がメキシコに旅立つのと入れ違いに刑期を終えて出獄し、そのまま故郷の森の中の谷間に帰村するという設定になっていて、「僕」を直接的に脅かす存在たりえません。その意味で、ギー兄さんは一貫して、「僕」が背負うべき負荷を取り除いてくれる側の立場に立っていることがわかります。

ダンテ、あるいは永遠の夢の時《ジ・エターナル・ドリーム・タイム》

二番目の話題に移りましょう。故郷に帰ったギー兄さんは、「テン窪」と呼ばれる場所に人造湖を作るという大がかりな計画を立てるのですが、その成り行きを心配したオセッチャン（セイさんの連れ子で、後にギー兄さんの妻となる）に頼まれた「僕」は帰郷して、ギー兄さんと話し合うことになります。事実、川下の住民が大規模な反対運動を組織するなど事態は紛糾してゆきます。加えて、ギー兄さんの癌が発覚し、生殖機能を全摘出する大手術を受けることになります。

その前日のことです。ギー兄さんとオセッチャンは、結婚以来、実は性不全の関係にあり、しかし、手術前にオセッチャンはなんとかギー兄さんの子どもを受精したいと考えました。そこで、二人のセックスを「僕」が手伝うことになります。

　オセッチャンはベッド裾にはさみこんである毛布とシーツをいったん剝がしてから、そろえてギー兄さんの胸から腹にかけ、ふたつ合せたベッドの窪みに落ちないように躰をはすかいにすると、こちらのベッドにやはりあおむいている僕の上躰を、頸の下に腕を回して引きよせるようにしてくれた。もっともそれからの僕は、オセッチャンの固くひっつめた清潔な髪の上に顎をのせるようにして、その向うでのんびり微笑しているギー兄さんの、鬢のなかの端正な目鼻立ちを見ていただけだ。そしてわずかに自由な左手で、オセッチャンの尖っているような躰の輪郭をなぞっていた。オセッチャンの腕は、毛布とシーツからのぞいているギー兄さんの窪んだ下腹部へ伸ばされて、静かな動きをした。僕はオセッチャンの腕の穏やかな動きに誘われて、『セヴンティーン』を書いた時、トルコ風呂の娘に愛撫される少年を、ギー兄さんに教わったエリオットの詩の一節を介して描いたことを思っていた。もっとも僕は深瀬基寛の訳を使ったのだったが。

《きざはしのいと高き敷き石のうへに立ち……／園におかれし甕《かめ》に倚り……／おんみの髪もて日の光を織りたまへ、織りたまへ……／はからざりしこころの痛みもちておん手の花を抱きしめたまへ……》

夫婦は首尾よく性交を終えます。そして、「僕」とギー兄さんは、「僕」が見た夢をめぐって事後の会話を交わすのですが、それはダンテの『神曲』に関わるもので、オーストラリアのアボリジニの世界観として知られるドリームタイムとも関わるように思われる夢でした

(引用文中の「ヒカリ」は「僕」の子どもです)。

――『神曲』のどの歌の？　とギー兄さんは穏やかな声で、しかし厳密に問いかえした。

――「天堂」の結びの、僕にはいつまでも本当の意味がわからぬままだろうと思う、あの結びの……　夢のなかではよく理解したと感じていてね。

――《さてわが高き想像はこゝにいたりて力を缺きたり、されどわが願ひと思ひとは宛然《さながら》一様に動く輪の如く、はや愛に廻《めぐ》らさる／日やそのほかのすべての星を動かす愛に。》

――そう、僕は夢のなかでその詩句をヒカリと自分とに結びつけていて、つまりは自分流に捩じ曲げる仕方で、それでもよく理解しているようだった。もっとも夢で理解するというのはね、理解したような気分の夢を見る、ということにすぎないだろうけれど……

――Kちゃんは、ヒカリさんを本当に愛しているものね、とギー兄さんはいった。

事後の会話、という言い方をしましたが、これはセックスの後のいわゆるピロートークです。しかしそれは、実際に性交したオセッチャンとではなく、「僕」とギー兄さんとの間で交わされます。

伊丹十三《じゅうぞう》のこと

千枚を越える小説をたった二つの話題で要約するのは乱暴ではありますが、右の例から見ても、ギー兄さんというキャラクターの設定がいかに大切かということは、よく理解出来ます。「僕」にとって優しい年上の恋人のようなギー兄さん――。いったい彼は何者でしょうか。

ギー兄さんは、大江から見た理想の兄的存在で、特定のモデルは存在しませんが、しかしその造型に強い影を投げかけているのは伊丹十三です。映画監督の伊丹万作を父とし、自身も映画監督として「マルサの女」シリーズをヒットさせるなどマルチクリエーターとして活躍した十三です。本書ではこれまで彼の名を挙げることはありませんでしたが、大江について考える上で、伊丹十三はもっとも重要な人物の一人です。大江は内子高校で一種のいじめに遭って松山東高校に転校します。そこで二歳年長の伊丹と出会いました。渡辺一夫の『フ

ランス ルネサンス断章』を読んだ時、渡辺が東京大学の教官であることを教えてくれた人物こそ、実はその伊丹だったのです。

大江の作品史を振り返るなら、スエズ戦争の義勇兵を志願し、最後には自殺してしまう破天荒な青年・斎木犀吉の生涯を回想する大江の小説『日常生活の冒険』（「文學界」一九六三年二月号〜六四年二月号）が、もっとも色濃く伊丹の生き様を反映した作品ですが、私はそれよりも、同時期に書かれた「性的人間」の主人公である青年Ｊに対する「若い詩人」の感情の持ち方に興味があります。小説前半の乱痴気騒ぎの場面で、「かれ〔「若い詩人」のこと—引用者注〕の性器をにぎりしめていた蜜子〔Ｊの妻—引用者注〕」が、Ｊに大声で呼ばれてその場を去った後、「若い詩人」は自瀆に耽ります（ここでも『大江健三郎全小説』ではなく新潮文庫から引用します）。

> やがて血のような精液が涙と尿のビールみたいな泡だちのなかへあつぼったい雪のようにおちる。彼は快楽もなく呻《うめ》いた。かれはもう、蜜子のことよりもＪのことを中心に考えていた。かれはＪに友情を感じた。

ここにはJに対する「若い詩人」の屈折した性欲を読み取ることが出来ますが、これを陰画とすると、その陽画に当たるのが「僕」のギー兄さんに対する関係だとは言えないでしょうか。

読者の皆さんはご存じのことかと思いますが、大江が一九六〇年、二十五歳の時に結婚した大江ゆかりさんは、伊丹十三の妹です。『懐かしい年への手紙』には、「僕」の妻である「オユーサン」の兄として「秋山君という美しい若者」が登場します。そういう意味では、伊丹十三をモデルとするのはギー兄さんではなく秋山君かと思われますが、むしろ、秋山君とギー兄さんの二人によって伊丹のイメージが分かちもたれていると考えることも出来るでしょう。そういえば、伊丹の戸籍名は池内義弘《よしひろ》です。義の音読はギです。

ギー兄さんというキャラクターを持ち出して、これまでの全文業を振り返ること――。『懐かしい年への手紙』をこのように要約することが出来ますが、そうだとすれば、ギー兄さんこそ、ここで大江が切り札として送り出したピンチランナーではないでしょうか。

ただ、厳しい言い方をしてみましょう。大江文学におけるまやかしと偽善を巧みに打ち消し、すべてを綺麗ごとに収めること。ギー兄さんはそのために召喚されたようなところがあり、その役目を果たせばもう存在する必要はありません。実際、『懐かしい年への手紙』の結末で、事故か、自殺か、人造湖の反対派もしくは他の誰かに殺されたのか不明なのですが、その人造湖にギー兄さんの水死体が浮かびます。恐ろしいことに、ひょっとしたらギー兄さんは、「僕」に殺されたのかもしれないのです。

ヤマギシ、オウム、ミンボーの女

ただ、これで話が済むとも思えないという気持ちが本人にもあったのでしょう、大江はあらためて最後の小説として『燃えあがる緑の木』三部作を発表します。これは、死んだギー兄さんに変わって、「オーバー」（村のお祖母ちゃん）に指名されて二代目ギー兄さんになった人物が、故郷で新興宗教を組織する物語です。語り手は「サッチャン」と呼ばれる両性具有の若者で、『懐かしい年への手紙』の「僕」はK伯父さんとして登場します。ちなみに、『燃えあがる緑の木』というタイトルは、アイルランドの詩人W・B・イェーツの詩「動揺（Vacillation）」の表現に由来します。

　私事になりますが、誰でも人生の混乱期というものがあると思います。この三部作が三回に分けて発表されたころは私もその混乱期にあり、雑誌「新潮」にその都度大量に分載される『燃えあがる緑の木』が話題になっていることはわかっていましたが、真剣に読む心の余裕はまったくありませんでした。『同時代ゲーム』は傑作かもしれない、という認識を当時既に持っていたので、それに比べてあまりピンと来ない気持ちもありました。たとえば第一部『「救い主」が殴られるまで』の冒頭で、新しいギー兄さんはこんなことを言います。

Ｋ伯父さんにしても、オーバー経由でこの土地の伝承に根ざす小説はいくつも書いている。しかしあの人にも自分がその物語を本当に生きたという確信はないのじゃないか？　だからこそ、さきのギー兄さんにいろいろ受け皿を作ってもらっても、帰ってきてオーバーの物語の続きを生きてみる覚悟はできなかったんだ。Ｋ伯父さんは私をここへ送り込むために働いてくれた。その動機はね、自分がここへ帰ってこれないのをギルティーに感じていたからじゃないか？

しかし、『万延元年のフットボール』の鷹四が霰弾銃自殺をするのを読んで慄然とし、『同時代ゲーム』と出会って大江は面白いと思った身からすると、今さらそんな頼りないことを言われても困るわけです。加えて、これは私だけの感想かもしれませんが、新しいギー兄さんの本名を知って白けた気分になりました。それは隆というのでした（こういう経験が『同時代ゲーム』に対する評価を考え直すきっかけになったのかもしれません）。

ただ、今振り返ると、発表当時私がこの作品に興味を持てなかった、それどころかむしろ反感を抱いたのは、もっと深い理由によるのではないかと思います。私が大学、大学院時代を過ごしたのは一九八〇年代から九〇年代にかけてです。当時、キャンパス内には、農業実践を通じて人間本来の共同体を目指す運動（たとえばヤマギシ会）、さまざまな宗教理念を基盤とするサークル（たとえば原理研究会）に熱心に関わる人たちが少なからずいました。私は彼らの活動に共鳴こそしませんでしたが、存在の根は繋がっているという感覚を当時持っていましたし、その思いは今も変わりません。そして、当時を同世代の一人として生きた実感として言えば、そうした時代の動きの終極点にあったのが一九九五年三月二十日に起きたオウム真理教による地下鉄サリン事件なのです。

ちなみに、『燃えあがる緑の木』の第三部『大いなる日に』の初出は「新潮」の一九九五年三月号で、発売は地下鉄サリン事件のまさに直前でした。その終盤（第八章）で、教会が農場のグループと巡礼団のグループに事実上分裂してしまった事態を受けて、ギー兄さんはこんな説教を行います。

――私はすべてについて中途半端だった、と自己批判しなければなりません。それは、私が魂のことについて本当には考えつめていなかった、ということから来ているのです。いま、「燃えあがる緑の木」の教会は実在していないと思う。

農場を拡大し礼拝堂を建設したことはあやまちでした。本当に魂のことをしようとねがう者は、水の流れに加わるよりも、一滴の水が地面にしみとおるように、それぞれ自分ひとりの場所で、「救い主」と繋がるよう祈るべきなのだ。〔……〕私はこの土地から「燃えあがる緑の木」の教会を引き払って、そのようにすることで本拠はここにないと明確にして、その上で自分が松男さんの巡礼団に加わろう。そのようにして魂のことに専念する生き方に戻ろうと思います。

今これを読んで私は心を動かされないわけではないですが、しかし当時の体感を基準にして言えば、どうしても浮薄な印象を拭い去ることが出来ません。一度動き始めた宗教組織のマグマのエネルギーは、こんな綺麗ごとの説教で収拾がつくはずもないのです。そもそも、大江は傍点をつける位置を間違えています。問われるべきは、「本当に魂のこと」ではなく

「本当に魂のこと」であったはずです。「祈る」という言葉も出て来ますが、かつてシンガポールで「二葉亭よ、わたくしを救けてください……」と祈った時のような緊迫感が感じられません。

『燃えあがる緑の木』は地下鉄サリン事件を予告したなどと言われることもありますが、それは違うのではないかと私は考えます。大江は結局のところ、新興宗教ブームやそれに対するマスコミの批判を、話の道具立てとして表面的に利用することしか出来なかったのではないか。当時、はっきりそう自覚していたわけではないですが、発表の時点から私はこの三部作をそんなふうに見なしていたと思います。加えて言えば、作品の最後で巡礼に出ようとしたギー兄さんは、かつて自分自身も関わっていた新左翼の過激派に襲撃されて殺害されてしまいますが、これも戦後新左翼運動の矛盾と葛藤に真剣に向き合うことで練り上げられた筋立てと言うより、「これはイタミ式ヤクザ映画だ！」と謳われた「ミンボーの女」（一九九二年、東宝、監督・脚本伊丹十三）公開後に、伊丹十三が暴力団に襲撃されて全治三か月の重傷を負った事件をパロディ的に取り入れたもののように思えたのでした。

ピンチランナーという観点から見るなら、『燃えあがる緑の木』で送り出された切り札は二代目のギー兄さんです。では、そのピンチランナーは、敵のタッチをかわして見事にホームに生還したでしょうか。私にはそうは思えません。では、もしオウム真理教事件がなければ、生還したでしょうか。

いや、それとは別のある出来事がなければあるいは生還し、そこで大江文学は完結していたかもしれません。しかし、それはかつて『万延元年のフットボール』を書いた大作家の惨めな終末です。そんな事態にならなかったことについて、私は大江の運命の神様に感謝したいと思います。

一九九四年十月十三日、スウェーデン・アカデミーが一九九四年度ノーベル文学賞を大江に授賞すると発表します。「詩的な力を駆使して想像の世界を生み出し、生と神話を凝縮して、ギョッとさせるようなやり方で現代人の苦境を描き出したため」というのがその理由でした。逃げ切りに失敗した大江は延長戦を闘わなければならなくなります。大江は五十九歳でした。

ところが、ここから本当の勝負が始まるのです。正確に言えば、それは大江自身の「本当ノ事」をめぐる勝負でした。

第八章

あいまいな《アムビギュアス》日本の私

――ノーベル賞受賞講演、沖縄戦「集団自決」裁判

vague と ambiguous

十二月七日、大江はスウェーデン・アカデミーで受賞記念講演を行いました。タイトルは「あいまいな《アムビギュアス》日本の私」。この講演は、受賞に至るまでの大江文学を総括するだけでなく、今まで述べてきた問題点をあらためて摘出、検証し、これを踏まえたうえで今後の大江文学の方向に光を当てるという意味で、まことに重要なものです。スピーチは英語で行われ、それを私たちはいつでもインターネットで聞くことが出来ますが、ここでは岩波新書『あいまいな日本の私』収録の日本文を見てみましょう。

日本語の作家として、初めてこの場所に立った川端康成は、『美しい日本の私』という講演をしました。それはきわめて美しく、またきわめてあいまいな《ヴェイグ》ものでありました。私はいま vague という言葉を使いましたが、それは日本語でのあいまいなという形容詞にあてたものです。

このように、大江の講演タイトルは、一九六八年に日本人ではじめてのノーベル文学賞受賞者となった川端康成の記念講演「美しい日本の私」を意識して名付けられたものです。ところが、右の引用に続けて、「正直にいえば、私は二十六年前にこの場所に立った同国人に対してより、七十一年前にほぼ私と同年で賞を受けたアイルランドの詩人ウィリアム・バトラー・イェーツに、魂の親近を感じています」と大江は述べ、イェーツの文学が「破壊への狂信から人間の正気を守る」ものであることを強調したうえで、次のように語ります。

> もしできることならば、私はイェーツの役割にならいたいと思います。現在、文学や哲学によってではなく、電子工学や自動車生産のテクノロジーゆえに、その力を世界に知られているわが国の文明のために。また近い過去において、その破壊への狂信が、国内と周辺諸国の人間の正気を踏みにじった歴史を持つ国の人間として。
>
> このような現在を生き、このような過去にきざまれた辛い記憶を持つ人間として、私は川端と声をあわせて「美しい日本の私」ということはできません。さきに私は、川端のあいまいさについていいながら、vague という言葉を用いました。いま私は、やはり英語圏の大詩人キャスリーン・レインがブレイクにかぶせた《ambiguous であるが vague ではない》という定義にしたがって、同じあいまいなという日本語を

ambiguousと訳したいと思いますが、それは私が自分について、「あいまいな《アムビギュアス》日本の私」というほかにないと考えるからなのです。

ここでは二つのあいまいさが問題になっています。大江はambiguousという語が示す何事かによって、vagueという語が示す何事かを批判しようとしました。これはいったいどういうことでしょうか。この点について考えるために、やや回り道に見えるかもしれませんが、川端受賞の経緯について見ておく必要があります。

翻訳のトリック

川端の受賞式での講演で、詩人でスウェーデン・アカデミー会員のアンダース・エステルリングは、川端のことを、「日本的な心の本質を優れた感性で表現する」物語の達人《ナラティヴ・マステリー》として称賛しました。「日本的な心の本質」とは the essence of the Japanese mind の私訳ですが、これは、詩人のキャロリン・カイザーが、「典型的な日本、すなわち elusive（捉えどころがなく）で、misty（霧がかかり）で、inconclusive（未決の状態）」（『拾い上げて選ぶ——散文をめぐるエッセイ』一九九五年、未邦訳）と呼んだものに相当します。カイザーは「平均的な西洋人にとって、『雪国』はその典型だと言えます」とも述べているのですが、この場合、正確さを欠き、不完全であるという点で一般にはネガティヴなニュアンスを持つvaguenessという観念が、「幽玄」と置き換え可能であるような、ポジティヴな美学的価値として川端文学、そして日本そのものに付与されていると見ることが出来ます。

しかし、このあいまいさ《ヴエイグネス》の美学とでも呼ぶべき事象は、川端文学、そして日本そのものが生まれながらに備え持つ特徴なのでしょうか。話はそう単純ではないということを、川端作品の翻訳を通じて確認することは無駄ではないでしょう。

次は、『雪国』の冒頭で、島村が汽車に乗って芸者の駒子に会いに行く場面の一節です。

もう三時間も前のこと、島村は退屈まぎれに左手の人差指をいろいろに動かして眺めては、結局この指だけが、これから会いに行く女をなまなましく覚えている、はっきり思い出そうとあせればあせるほど、つかみどころなくぼやけてゆく記憶の頼りなさのうちに、この指だけは女の触感で今も濡れていて、自分を遠くの女へ引き寄せるかのようだと、不思議に思いながら、鼻につけて匂いを嗅いでみたりしていたが、ふとその指で窓ガラスに線を引くと、そこに女の片眼がはっきり浮き出たのだった。

ちらっと見ただけでは、典型的なあいまいな《ヴェイグ》表現のように思われるかもしれませんが、少し意識して読み直せば、そうではないことがよくわかります（女の片眼が浮き出たというのは、向かい側の座席に座った葉子の眼が映っているのです）。ご存じの読者も多いと思いますが、該当箇所の初出は、「たゞ左手の　　　だけが彼女をよく覺えてゐた。島村はその　　を不氣味なものゝやうに眺めてゐることがあるくらゐだつた」と空白の伏字になっていて（「夕景色の鏡」、「文藝春秋」一九三五年一月号）、川端所有の当該誌の切り抜きには、川端自身の手で伏字部分に「指」という字が書き込まれています。さらに言えば、初出誌の冒頭の一文は、後によく知られるようになった「国境の長いトンネルを抜けると雪国であった」ではなく、「濡れた髪を指でさはつた」であり、さらに切り抜きでは「髪」が「鬟」に書き直されています。つまりこの場面は、実は、駒子の女性器を指でいじったことを思い出しながら、その指を鼻に押し付けて匂いを嗅ぐという卑猥な、猥褻文書として物議をかもし、フランス、イギリスなどで発禁処分を受けたウラジーミル・ナボコフの『ロリータ』を連想させる箇所なのです。なるほど川端は露骨には描いていないかもしれませんが、それは初出誌や自筆メモを見なければ読み取れないというほどあいまい《ヴェイグ》な表現ではありません。もしそれがあいまい《ヴェイグ》に見えるとすれば、川端文学はあいまい《ヴェイグ》だという見方に、私たちの感性も解釈力も既に支配されているからです。

『雪国』を翻訳したE・G・サイデンステッカーは、もちろんこの意味を正しく理解していて、訳すのに困惑したと告白しています（「『雪国』の翻訳」、『「国文学解釈と鑑賞」別冊　川端康成「雪国」60周年』一九九八年三月）。では、実際には彼は、この箇所をどのように処理したでしょうか。「この指だけは女の触感で〔……〕窓ガラスに線を引くと」というところのみ、次に掲げます。

〔……〕only the one hand, and in particular the forefinger, even now seemed damp from her touch, seemed to be pulling him back to her from afar. Taken with the strangeness of it, he brought the hand to his face, then quickly drew a line across the misted-over window.

英文では「鼻につけて匂いを嗅いでみたりしていた」に相当する箇所は、単にhe

brought the hand to his face（手を顔に当てた）となっているため、卑猥さが大幅に薄められ、それと反比例して、いわば無難なグリーンゾーンの範囲内であいまいさ《ヴェイグネス》の度合いが深まる結果になっています。これが意味するのは、川端文学ないし日本そのものの特徴としてのあいまいさ《ヴェイグネス》の美学は、少なくともその一部に関しては、サイデンステッカーの翻訳により生み出されたものであり、翻ってそれが日本人読者による解釈にも影響を及ぼしているということに他なりません。

もう一つ例を挙げましょう。先にも引用したエステルリングの講演で、もっとも多く言及されている作品は『古都』（一九六一～六二年）です。『古都』は、太平洋戦争勃発の頃に生まれ、孤児として別々に育った美しい双子の姉妹の出会いと別れの物語ですが、なぜ『古都』への言及が多いかと言えば、ちょうど受賞の直前にスウェーデン語訳が刊行されたからでした。

ところで、この訳本は、『京都、あるいは古き帝都の若い恋人たち』というタイトルで刊行されたドイツ語訳（一九六五年）からの重訳なのですが、ドイツ語訳では日本語原文通りなのに、スウェーデン語訳では欠落している文章があります。それは、西陣織の織屋である大友宗助が、戦後、米軍に接収されていた植物園のお気に入りの楠《くすのき》の並木道を思い起こす場面です。まずスウェーデン語訳を引用すると以下のようです。

I botaniska trädgården hade den amerikanska ockupationsarmén byggt bostäder åt sig, och japanerna hade inte tillåtelse att gå dit. När ockupationen upphörde, återställdes allting i sitt forna skick.

I botaniska trädgården fanns en allé av kamferträd som Otomo Sosuke från vävarstadsdelen Nishijin tyckte särskilt mycket om. Dessa träd var inte särskilt höga och allén var kort men där hade han ofta promenerat. Också vid den tid då löven slog ut ...

Sosuke väntade på att botaniska trädgården åter skulle öppnas.

次に、対応する日本語原文を引用しますが、スウェーデン語訳では欠落している個所に傍線を付けました。

植物園はアメリカの軍隊が、すまいを建てて、もちろん、日本人の入場は禁じられていたが、軍隊は立ちのいて、もとにかえることになった。

西陣の大友宗助は、植物のなかに、好きな並木道があった。楠の並木道である。楠は大木ではないし、道も長くはないのだが、よく歩きに行ったものだ。楠の芽ぶきのころも……。

「あの楠は、どないなってるやろ。」と、機の音のなかで思うことがあった。まさか占領軍に伐り倒されてはいまい。

宗助は植物園が、ふたたび開かれるのを待っていた。


傍線部分で宗助は、まさか占領軍に伐り倒されてはいまい、と考えますが、これは一種の反語で、この表現によって、その気になれば楠などいつでも伐り倒すことが出来る米軍の権力が指し示されています。ところが、これが削除されると、宗助はただ植物園が再開されるのを心待ちにしているだけの人物となり、占領という現実はあいまい《ヴエイグ》にぼかされることになります。ここでも、あいまいさ《ヴエイグネス》の美学なるものが、翻訳上のトリックによって生み出されている、こう言って言い過ぎなら、少なくとも賦活されていると指摘することが出来ます。

祖国を罵《ののし》ったおかげで……

これは一種の戦略的誤訳です。いったいなぜ、このようなことが起きるのでしょうか。そこには複合的な要因があります。日本人作家の受賞に関しては、第二次世界大戦の敗戦で失われた国家的プライドを取り戻したいという日本政府、外務省の動き、ノーベル賞受賞者を非ヨーロッパ圏に広げたいというスウェーデン・アカデミーの思惑がありました（これについては外務省外交史料館の文献を調査した吉武信彦の論文が詳しいです）。川端をはじめ日本文学の翻訳プロジェクトを進めていたクノップ社の出版方針もありました（これについてはラリー・ウォーカーの論文が詳しいです）。そこには同時に、冷戦期において西側文化の優位性を示そうとするアメリカの文化戦略も働いていました。チリの共産主義詩人パブロ・ネルーダのノーベル賞受賞の妨害活動に、ＣＩＡによって設立された文化自由会議が関与していたことはよく知られていますが（フランシス・ストーナー・サンダース『文化的冷戦』一九九九年、未邦訳）、川端のライバルであった三島由紀夫がノーベル賞に相応しくないという趣旨のレポートを書いたサイデンステッカーも文化自由会議に関わっていました（このレポートはスウェーデンのノーベル・アーカイブに収蔵されています。興味のある方は拙著『暴流《ぼる》の人　三島由紀夫』をご覧ください)。これら様々な要因が関わり合った時、もちろん文学的に優れているということは必要な前提ですが、同時に性的にも政治的にも過激ではなく、カイザーの言う「elusive で、misty で、inconclusive」な日本像を代表する文学がノーベル賞の選考対象として求められ、ちょうど川端の作品がその務めを果たすことになったと言うことが出来るのです。

つまり、あいまいさ《ヴエイグネス》の美学には、川端文学の生来の特徴というよりも、むしろ創られた物語という側面があり、ノーベル賞受賞によって、それぞれが期待した結果を手に入れることにもなりました。すなわち日本は文化的自尊心を恢復し、スウェーデン・アカデミーは国際的影響力を高め、クノップ社は本が売れて利益を得ます。アメリカにとっては、ベトナム戦争の長期化が西側の価値観への信頼を損ねたことを巧妙に補うかたちとなりました。東西冷静下において、戦後日本の文化的復興は、西側文化の優位性を示す貴重なカードだったのです。

ここで大江に話を戻すなら、講演「あいまいな《アムビギュアス》日本の私」で大江が批判しようとしたのは(いや、批判すべきだったのは、と言い直す必要があるかもしれません)、単にあいまいさ《ヴエイグネス》の美学という事象のことではなく、それが生み出される経緯から、結果として生じる効果に至るまでの文脈全体だったと考えられます。第三章で『個人的な体験』に触れた時には省略しましたが、実はこの本の英訳は、はじめクノップ社から出ることが決まっていたにもかかわらず、大江があえてグローヴ・プレスに鞍替えしたのでした。この事実は、大江が右に述べたような問題の所在に、早くから自覚的であったことを暗示しています。というのも、グローヴ・プレスの名編集者であるバーニー・ロセットは、私たちが無意識のうちに受け容れてしまっている社会の文脈を、あえて過激に裏返そうとする人物だからです。

しかし、話がややこしくなるのはここからです。あいまいさ《ヴエイグネス》の美学という事象そのものではなく、これをめぐる文脈の全体を批判するのは容易なことではありません。なぜかと言えば、私たち自身がこの文脈の中に搦め捕られていて、自身を相対化できないからです。すると、結果としてどうなるか。大江の受賞講演の、先の引用に続く部分を見てみましょう。

> 開国以後、百二十年の近代化に続く現在の日本は、根本的に、あいまいさ《アムビギユイテイー》の二極に引き裂かれている、と私は観察しています。のみならず、そのあいまいさ《アムビギユイテイー》に傷のような深いしるしをきざまれた小説家として、私自身が生きているのでもあります。
>
> 国家と人間をともに引き裂くほど強く、鋭いこのあいまいさ《アムビギユイテイー》は、日本と日本人の上に、

> 多様なかたちで表面化しています。日本の近代化は、ひたすら西欧にならうという方向づけのものでした。しかし、日本はアジアに位置しており、日本人は伝統的な文化を確乎として守り続けもしました。そのあいまい《アムビギュアス》な進み行きは、アジアにおける侵略者の役割にかれ自身を追い込みました。また、西欧に向けて全面的に開かれていたはずの近代《モダーン》の日本文化は、それでいて、西欧側にはいつまでも理解不能の、またはすくなくとも理解を渋滞させる、暗部を残し続けました。さらにアジアにおいて、日本は政治的にのみならず、社会的、文化的にも孤立することになったのでした。

ここに言われるあいまいさ《アムビギュイティー》ということが、後に、大江の「本当ノ事」はいつどのようにして表現されるのかという問いとともに大江文学の最重要課題となるのですが、この点については、後で詳述することにして、引用を続けましょう。

> 日本近代の文学において、もっとも自覚的で、かつ誠実だった「戦後文学者」、つまりあの大戦直後の、破壊に傷つきつつも、新生への希求を抱いて現れた作家たちの努力は、西欧先進国のみならず、アフリカ、ラテン・アメリカとの深い溝を埋め、アジアに

おいて日本の軍隊が犯した非人間的な行為を痛苦とともに償い、その上での和解を、心貧しくもとめることでした。〔……〕新生に向かう日本人をささえていたのは、民主主義と不戦の誓いであって、それが新しい日本人の根本のモラルでありました。しかもそのモラルを内包する個人と社会は、イノセントな、無傷のものではなく、アジアへの侵略者としての経験にしみをつけられていたのでした。

さて、今も述べたように、本来ここで大江が行おうとしたのは、あいまいさ《ヴェイグネス》の美学が生まれる経緯から、結果として生じる効果に至るまでの文脈全体への批判だったはずです。ところが、右の引用では、日本が「アジアへの侵略者」として振舞ったという歴史的事実に対する反省という一点に焦点が偏っていて、このことは、日本人作家のノーベル賞受賞を国家的プライドの恢復として寿《ことほ》ぎたいという思いを持つ人々の気持ちを逆撫でしました。さらに大江は、ノーベル文学賞受賞決定後に政府から打診があった文化勲章について、これを辞退し、その理由について、「民主主義に勝る権威と価値観を認めないから」ということを述べました（「ニューヨーク・タイムズ」のインタビュー）。この振る舞いにより、保守派の論客を中心に、大江に対する非難の声が強まります。たとえば谷沢永一の著書『こんな日本に誰がした——戦後民主主義の代表者・大江健三郎への告発状』（クレスト社、一九九五年六月）では、ノーベル賞のメダルと賞状を手にした大江の写真に、「祖国を罵ったおかげで頂戴した〝ご褒美〟にご満悦」という揶揄的なキャプションが添えられました。

実のところ、このような大江の姿勢は、この時はじめて現われたわけではありません。大江は沖縄の「集団自決」の問題を扱う際にも、沖縄に犠牲を強いていることを日本人一人一人の問題として問おうとしていながら、実際には、特定の個人を自己欺瞞を重ねる「犯罪者」と決めつけて、これを性急に断罪していたのです。

「集団自決」をめぐる四つの局面

私は第五章で『沖縄ノート』を取り上げた際に、「集団自決」については、あらためて取り上げて検討したいと書きました。いま、その段階がやって来ました。これはいったいどのような裁判で、その本質的な問題はどこにあるのか。

裁判は二〇〇五年八月五日に大阪地方裁判所に提訴されたもので、二〇〇八年三月に判決言い渡し（原告の請求を棄却）。同年四月に原告控訴、十月に大阪高等裁判所にて判決言い渡し（控訴棄却）。同年十一月に、原告（控訴審控訴人）が上告を提起、上告受理の申立て。二〇一一年四月二十一日に最高裁判所にて上告棄却、上告申立ての不受理が決定しました。

ここで注意しなければならないのは、『沖縄ノート』の刊行は一九七〇年なので、提訴までに三十五年もの間隔があることです。しかし、この間、なんの動きもなかったわけではありません。雑誌「諸君！」に一九七一年十月から一年間にわたり連載された「ある神話の背景――沖縄・渡嘉敷島の集団自決」が単行本化された際（文藝春秋、一九七三年五月）、著者の曾野綾子は大江の記述への疑問を書き加えました。一方、大江のノーベル賞受賞、文化勲章辞退により保守派の反感が強まって以降、事態が新たな次元に入ったのも事実で、その延長上に提訴がありました。また、裁判の進行とその結果によって何が明らかになったか、そしてそれは大江文学にどのような影響を及ぼしたかということも、別次元の問題となります。

そうであるならば、大江との関わりという観点から考えた時、この問題は少なくとも以下の五つの局面に分けて検討する必要があるでしょう。

(a)『沖縄ノート』以前の事実認識（もしくは誤認識）

(b)『沖縄ノート』以降、ノーベル賞受賞までの状況

(c) ノーベル賞受賞以降、原告提訴に至るまでの状況
(d) 裁判の過程で明らかになったこと
(e) 裁判が大江文学に及ぼした影響

これから、この分類に則して検討を進めますが、大江作品について言えば、本書では既に『燃えあがる緑の木』三部作（一九九三〜九五年）まで読んできました。これ以降の主な小説を、右の五局面との時期的な対応関係に留意しながら整理すると、以下の①〜④は(c)に関わり、⑤〜⑦は(d)、(e)に関わっています。

① 『宙返り』上・下（一九九九年）
② 『取り替え子《チエンジリング》』（二〇〇〇年）
③ 『憂い顔の童子』（二〇〇二年）
④ 『さようなら、私の本よ！』（二〇〇五年）
⑤ 『﨟たしアナベル・リイ　総毛立ちつ身まかりつ』（二〇〇七年）
⑥ 『水死』（二〇〇九年）

⑦『晩年様式集《イン・レイト・スタイル》』（二〇一三年）

本書では次の第九章で①から④までの作品、第十章で⑤から⑦までの作品を扱いますが、議論の進め方として本章で(a)から(d)までの四局面を論ずるので、時間軸で言えば九章、十章で扱う内容に関わって来ることを断っておきます。(e)については、これを論ずるのは、第十章となります。

(a)『沖縄ノート』以前の事実認識（もしくは誤認識）

「集団自決」が起こったのは渡嘉敷島と座間味島だけではありませんが、大江との関係という点で注目しなければならないのは、それぞれの島の守備隊長を務めた赤松嘉次と梅澤裕です。「集団自決」はこの二人の命令によるものということは、早くから渡嘉敷島と座間味島において言われてきましたが、それが活字として流通するようになったのは『鉄の暴風』（朝日新聞社、一九五〇年八月。一九七〇年六月の再版以降は沖縄タイムス社刊となる）以降のことです。昭和三十年代には週刊誌などで取り上げられるようになり、特に沖縄の本土復帰前には、「戦記に告発された赤松大尉」（「週刊新潮」一九六八年四月六日号）、「沖縄戦記　島民の集団自決は軍命令だった」（「週刊読売」一九六九年八月十五日号）などの記事が注目を集めました。

ところが、それらの多くは、必ずしも確かな証拠に基づいた記述というわけではありませんでした。そもそも『鉄の暴風』は、米軍のヒューマニズムを称揚するという占領政策の強力なイデオロギーに沿って編集されたものであり、「隊長梅沢《ママ》少佐のごときは、のちに朝鮮人慰安婦らしきもの二人と不明死を遂げたことが判明した」といった明らかな誤表記も少なくありません（これは一九八〇年七月発行の第九版で削除されました）。石田郁夫は、「沖縄の断層――ルポルタージュ・被支配のなかの差別」（「展望」一九六七年十一月号）において、むしろ赤松隊長を名将と称える人物の証言を紹介しています（本論文はこの問題をめぐる複雑な状況に斬り込んでいて必読です）。

(b)『沖縄ノート』以降、ノーベル賞受賞までの状況

大江の『沖縄ノート』の記述は、この『鉄の暴風』に従うものでしたが、『沖縄ノート』の刊行後まもなく、先述の曾野綾子が現地調査を踏まえて、赤松命令説は根拠のない虚構であると主張しました（『ある神話の背景』）。もっとも、同書の取材や論証の仕方にも偏りが目

立ち、特に、曾野の依拠する赤松隊の『陣中日誌』が、右に掲げた「週刊新潮」の記事に対抗する意図も込めて原本を改訂、増補したものであったことが後に判明したため、その主張の信頼性も著しく損なわれました。

とはいえ、『ある神話の背景』の出現によって『鉄の暴風』の記述だけでは事実認定には至らないことが明らかになった影響は少なくありません。たとえば、家永三郎『太平洋戦争』（岩波書店、一九六八年二月）の、「赤松隊長は、米軍の上陸にそなえるため、島民に食糧を部隊に供出して自殺せよと命じ、柔順な島民三二九名は恩納河原でカミソリ・斧・鎌などを使い集団自殺をとげた」という文章は、『鉄の暴風』の一部の記述を抽出、編集したものですが、一九八六年十一月刊行の第二版では、「島民三二九名が恩納河原でカミソリ・斧・鎌などを使い凄惨な集団自殺をとげたのも、軍隊が至近地に駐屯していたことと無関係とは考えられない」に修正されています（他方、大江は自著を一切改めず、家永が修正したことに対しては、自分にはその理由が理解出来ないと、後に法廷で答えています）。

梅澤についても大きな展開がありました。一九七七年三月二十六日、ちょうど「集団自決」の三十三回忌に当たる時、座間味の戦争の語り部の役割を担ってきた宮城初枝が、娘の晴美に、ある告白をするのです。その内容は、次のようです。

> 一九四五（昭和二〇）年三月二五日の夜、梅澤隊長のもとに「玉砕」の弾薬をもらいに行ったが帰されたこと、戦後の「援護法」の適用をめぐる厚生省事務官による調査に際し、結果的に自分が見聞きしたことと違うことを証言したこと、などである。そして「梅澤さんが元気な間に、一度会ってお詫びをしたい」とも言った。〔……〕そして「事実」を公表するには兵事主任の宮里盛秀助役の名をあげなければならず、それをすれば遺族に迷惑がかかってしまうと、母は一人で苦しみを背負っていた。（宮城晴美『新版 母の遺したもの——沖縄・座間味島「集団自決」の新しい事実』高文研、二〇〇八年一月）

この本をはじめて手にしたとき、私は胸を打たれました。しかし、梅澤隊長のもとに「玉砕」の弾薬をもらいに行ったが帰された、とはどういうことでしょうか。これについては、宮城晴美が紹介している初枝の手記から直接引用しましょう。三月二十五日、助役らとともに梅澤を訪ねた場面です。

> 助役は隊長に、

「もはや最期の時が来ました。私たちも精根をつくして軍に協力致します。それで若者たちは軍に協力させ、老人と子供たちは軍の足手まといにならぬよう、忠魂碑の前で玉砕させようと思いますので弾薬をください」と申し出ました。

　私はこれを聞いた時、ほんとに息もつまらんばかりに驚きました。重苦しい沈黙がしばらく続きました。〔……〕隊長は沈痛な面持ちで「今晩は一応お帰りください。お帰りください」と、私たちの申し出を断ったのです。私たちもしかたなくそこを引きあげて来ました。

　ところが途中、助役は宮平恵達さんに、「各壕を廻って皆に忠魂碑の前に集合するように……」。後は聞き取れませんが、伝令を命じたのです。そして私には、「役場の壕から重要書類を同じく忠魂碑の前に運ぶように」と命じてきました。

　ここで私は助役たちと別れました。その結果、あの晩、隊長の所へ行った五名のうち私一人だけが生存し、残りは農業組合の壕の中で自決されてしまったのです。したがってその後のことは、私には皆目わかりません。農業組合の防空壕での集団自決は、何を使ったのか、またどのようにして行われたのか、一人の未遂者もなく六七名全員が亡くなったため、いまだに「ナゾ」に包まれています。

これを読むと、自決の直接の引き金は、みずからも命を絶った助役の宮里盛秀の集合命令だったように見えます。

また、援護法についても、説明が必要でしょう。これは、戦没者の遺族や負傷した軍人、軍属に国から補償金が支払われることを定めた法律ですが、民間人には適用されませんでした。しかし、一般の戦闘協力（参加）者に対して「準軍属」という枠が新たに設けられ、厚生省事務官が沖縄にやって来たのは、この「準軍属」についての調査のためでした。「集団自決」が軍の命令によるということであれば、適用対象になると考えられたからです。『新版 母の遺したもの』の記述に従うなら、その調査の際に、「島の長老から呼び出され」た初枝は、「梅澤隊長から自決の命令があったことを証言するように」と言われます。晴美はこう書いています。

> しかし、米軍上陸後の母は日本軍と行動を共にしており、住民の「集団自決」については知らなかった。したがって証言できる立場にないという理由でいったんは断った。それでも出席を求められ、戦後、島では「集団自決」の命令は隊長からの指示だったと信

じられていることを承知していたので、母は最後までは断れずに呼び出しに応じた。調査のために来島した事務官らの前に座った母は自ら語ることはせず、投げかけられる質問の一つひとつに、「はい、いいえ」で答えた。そして、「住民は隊長命令で自決をしたと言ってるが、そうか」という問いに、母は「はい」と答えたという。

そして、初枝は一九八〇年十二月中旬、那覇を訪れた梅澤と戦後はじめて面談し、こうした経緯を説明したのでした。その様子を、宮城晴美は次のように伝えています。

　母が梅澤氏に、「どうしても話したいことがあります」と言うと、驚いたように「どういうことですか」と、返してきた。母は、三五年前の三月二五日の夜のできごとを順を追って詳しく話し、「夜、艦砲射撃のなかを役場職員ら五人で隊長の元へ伺いましたが、私はそのなかの一人です」と言うと、そのこと自体忘れていたようで、すぐには理解できない様子だった。母はもう一度、「住民を玉砕させるようお願いに行きましたが、梅澤隊長にそのまま帰されました。命令したのは梅澤さんではありません」と言うと、驚いたように目を大きく見開き、体をのりだしながら大声で「ほんとですか」と椅子を母の方に引き寄せてきた。母が「そうです」とはっきり答えると、彼は自分の両手で母の両手を強く握りしめ、周りの客の目もはばからず「ありがとう」「ありがとう」と涙声で言いつづけ、やがて嗚咽した。母は、はじめて「男泣き」という言葉の意味を知った。

　梅澤氏は安堵したのかそれから饒舌になり、週刊誌で「集団自決」命令の当事者にされたあと職場におれなくなって仕事を転々としたことや、息子が父親に反抗し、家庭が崩壊したことなど、これまでいかにつらい思いをしたか、涙を流しながら母に語った。

　一方、母も、戦争で働き手やすべての財産を失った住民が貧しい生活を乗り越えるには、「援護法」による援助が必要だったことや、助役の家族を苦しめたくなかったことなど、当時の島の状況を詳しく話した。すると氏は、「島の人を助けるためでしたら、私が悪者になるのはかまいません。私の家族に真実が伝われば十分です」と言い、翌日、一緒に座間味島に渡って亡くなった部下や住民を追悼して回ることを約束して別れた。

　ところが、この後、事態は混乱します。一九八二年六月、再び座間味島を訪れた梅澤は、下谷修久『悲劇の座間味島——沖縄敗戦秘録』（私家版、一九六八年三月）に収められた初枝の文章の中で、梅澤が「住民は男女を問わず軍の戦闘に協力し、老人子供は村の忠魂碑前に集合、玉砕すべし」という命令を出したとされていることを知るのです。

驚いた梅澤は、梅澤の地元の「神戸新聞」に働きかけ、一九八五年七月三十日、自決は軍の命令によるものではなく、村幹部が率先して決行したものという記事が掲載されました。そこには、これを裏付ける初枝の証言として、「梅沢《ママ》少佐らは「最後まで生き残って軍とともに戦おう」と、武器提供を断った」という言葉も引用されています（この証言内容については後で検討します）。また、『沖縄県史』を編集した沖縄史料編集所に、梅澤は手記『戦斗記録』を送付し、これは「沖縄史料編集所紀要」（一九八六年三月）に掲載されました。さらに、一九八七年三月に座間味島を訪れると、宮里盛秀助役の実弟の宮村（宮里から改姓）幸延（座間味村遺族連合会会長、元座間味村役場総務課長）から、「集団自決」は梅澤ではなく宮里盛秀の命令によるものであり、これを遺族救済の補償申請のためやむなく梅澤の命令としたという趣旨の念書を取ります（三月二十八日付け）。すると、「神戸新聞」（四月十八日）、や「東京新聞」（四月二十三日夕刊）が、「遺族補償得るため「隊長命」に」、「座間味島民の集団自決「村助役が命令」」などの見出しを掲げて、これを大きく報じました。「交戦の足手まといにならぬように、と自決した助役らのごめい福を祈っている」などとした梅澤の談話も記されています。現代の目線で見ると、配慮の足りない言い方とも思われますが、これは「集団自決」を「戦闘員の煩累を絶つための崇高な犠牲的精神によるもの」（後述の家永裁判第三次訴訟の最高裁判決より）とするいわゆる殉国美談の表現の一つです。この結果、初枝も宮村幸延も座間味村内で厳しく糾弾される事態となり、その心労がたたったものと察せられますが、初枝は一九九〇年十二月六日に享年六十九でこの世を去りました。

一方、梅澤は『鉄の暴風』を刊行する沖縄タイムス社や沖縄史料編集所に抗議を続けていましたが、沖縄タイムス社からの照会（一九八八年十一月三日付け文書）を受けて座間味村が示した公式見解において自身の主張がまったく取り入れられなかったことに対しては、「日本軍がやらんでもいい戦争をして、あれだけの迷惑を住民にかけたということは歴史の汚点です。座間味村に対し見解の撤回を求めるようなことはしません。もう私はこの問題に関して一切やめます。タイムスとの間に何のわだかまりも作りたくない」と応じました（二〇〇八年三月二十八日、「集団自決」裁判の地裁判決。高裁判決もこれを引き継いでいます。なお、この公式見解では、宮村幸延の念書は酩酊状態で梅澤に強要されて押印されたものとされています。幸延自身も、梅澤が作成した下書きに従って泥酔状態で意に反して書かされたものに過ぎないと述べていますが、梅澤はこれを否定しています）。また、赤松嘉次も一九八〇年一月十三日に亡くなったことから、「集団自決」をめぐる問題は、座間味村内に深刻な亀裂を残したまま、いったんは終息したかに見えました。

(c) ノーベル賞受賞以降、原告提訴に至るまでの状況

大江のノーベル賞受賞は一九九四年十月十三日、原告提訴は二〇〇五年八月五日です。十年を超える時が経過していますが、この間、「集団自決」の問題に関する出来事として特筆すべきは、先にも引用した初枝の手記を収めた『母の遺したもの――沖縄・座間味島「集団自決」の新しい証言』（高文研、二〇〇〇年十二月）が、娘の宮城晴美の手によって刊行されたことです。ちょうど初枝が亡くなって十年後のことでした。

ところが、このことが、大きな波紋を起こすことになります。そこには二つの背景がありました。

一つは、いわゆる家永裁判（高等学校日本史教科書『新日本史』を執筆した家永三郎が検定を不服として提訴したもの）の第三次訴訟の最高裁判決文において（一九九七年八月二十九日）、「地上戦に巻き込まれた沖縄県民の悲惨な犠牲の実態を教えるためには、軍による住民殺害とともに集団自決と呼ばれる事象を教科書に記載することは必要と考えられ、また、集団自

決を記載する場合には、それを美化することのないよう適切な表現を加えることによって他の要因とは関係なしに県民が自発的に自殺したものとの誤解を避けることも可能」と述べられたことです。その結果、軍に「集団自決」を強制された人もいたと記す教科書が現われていました。

もう一つは、二〇〇一年に当時の小泉純一郎首相が靖国神社に参拝したことに反対して訴訟が起こされたことに対し、これに反対する弁護士たちのグループが「靖国応援団」を立ち上げたことです。

これらの要因がどのように結び付いたのか。「靖国応援団」の一人として運動していた松本藤一弁護士が、亡くなった赤松嘉次の弟である赤松秀一と面会し、『沖縄ノート』がノーベル賞作家の著書として、いまも変わらずに販売されていることを伝えます。『ある神話の背景』が世に出たことで、兄の冤罪が晴れたと信じていた秀一は驚き、さらに、「集団自決」が軍の強制であると記した教科書に関する資料を示されると絶句して、「こんなことがまかりとおっているとは知りませんでした。不正を糺すのに裁判が必要なのでしたら、私が原告を引き受けます」と言ったといいます（徳永信一「沖縄集団自決冤罪訴訟が光を当てた日本人の真実」、「正論」二〇〇六年九月号）。これを伝えられた梅澤も、「そしたら私もやらんといかんな」と応え、こうして「集団自決」裁判の準備が始まりますが、その時原告側の有力な根拠の一つとなったものこそ、二〇〇〇年に刊行された宮城晴美の『母の遺したもの』だったのです。ちなみに大江はその頃、『さようなら、私の本よ!』を執筆していました。

(d) 裁判の過程で明らかになったこと

『さようなら、私の本よ!』の最終回発表(「群像」二〇〇五年八月号)直後の二〇〇五年八月から、五年半以上に及ぶ裁判が始まります。その過程で問われたことや新たな動きについて、これまで触れてきた問題との関わりという観点から整理すれば、以下の四点に絞られると思います。

(1)『沖縄ノート』には赤松嘉次、梅澤裕という個人名は記されていないものの、大江は事実上この二人を「集団自決」の命令者として断罪しているのではないか(表象の固定)。
(2) 宮城初枝の手記を刊行した晴美は、原告が依拠した『母の遺したもの』の著者であるのに、被告側証人として証言しているのは、どういう経緯によるのか。
(3)「神戸新聞」(一九八五年七月三十日)掲載の初枝証言や、宮村幸延が書いた念書の信頼性など幾つかの不審事項について。

(4) そもそも集団自決の実態はいかなるものだったのか。

(1)について見てみると、大江は二〇〇七年九月二十九日付けの「陳述書」(『記録・沖縄「集団自決」裁判』岩波書店、二〇一二年二月)に、「私はこの守備隊長の個人としての名前をあげていませんが〔……〕渡嘉敷島の集団自決が、日本軍―第三二軍―渡嘉敷島の守備隊という構造の強制力によってもたらされた、と考えてきました。そこで、この守備隊長の個人としての名前は必要でありませんでした」と記し、十一月九日の地裁第十一回口頭弁論でも同趣旨のことを述べました。しかし、地裁判決は、「不特定多数の者が沖縄ノートの各記述の内容が、赤松大尉に関する記述であると特定ないし同定し得ることは否定できない」、「集団自決という残忍な行為を強制したものとして、赤松大尉の客観的な社会的評価を低下させる記載であることは明らかである」としていて(梅澤についても同様)、大江の主張をそのまま受け容れたわけではありません(高裁判決もこれを引き継いでいます。ただし、時の経過による状況変化により、社会的評価を低下させる効果は大幅に低下したと追記されていますが)。そもそも、「日本軍―第三二軍―渡嘉敷島の守備隊という構造の強制力」という表現は『沖縄ノート』にはなく、同書執筆時に、大江が右のような認識を抱いていたことは認めるとしても、それが文字として明確に表現されていたわけではないのです。

それでも、最終的に原告の主張が退けられたのは、以下の判断によるものです（地裁判決。高裁判決もこれを引き継いでいます）。

〔……〕原告梅澤及び赤松大尉が座間味島及び渡嘉敷島の住民に対しそれぞれ本件各書籍〔『沖縄ノート』と『太平洋戦争』――引用者注〕にあるような内容の自決命令を出したことを真実と断定できないとしても、これらの事実については合理的資料又は根拠があるといえるから、本件各書籍の各発行時及び本訴口頭弁論終結時において、被告らが前記事実を真実であると信じるについての相当の理由があったものと認められ、被告らによる原告梅澤及び赤松大尉に対する名誉毀損は成立せず、したがって、その余の点について判断するまでもなく、これを前提とする損害賠償はもとより、本件各書籍の出版等の差止め請求もまた理由がない。

(2)については、本書の読者の中で気づかれたかたもいらっしゃると思いますが、私は『母の遺したもの』から文章を引用するにあたり、『新版 母の遺したもの――沖縄・座間味島「集団自決」の新しい事実』（二〇〇八年一月）を引用元としてきました。しかし、この本の初版は『母の遺したもの――沖縄・座間味島「集団自決」の新しい証言』（二〇〇〇年十二月）です。同書には提訴を挟んで二つのバージョンがあり、副題も「証言」の語が「事実」に変わっているのです。

この新版には、助役だった宮里盛秀が父の盛永に、「軍からの命令で、敵が上陸してきたら、玉砕するように言われている」と言っているのを聞いたという妹の春子の証言（二〇〇七年六月）が新たに書き加えられ、これにより、「座間味島における「集団自決」が軍の命令によるものだということに確信を持った」（新版の「あとがき」にあたる「なぜ《新版》を出したのか」）と晴美は書き記しています。一方、一九八〇年十二月、初枝と梅澤が座間味島の戦死者を供養して回るのに同行した晴美は、「母が話す住民の話題にはあまり興味を示さず、部下の話になるとささいなことでも必ず反応する梅澤氏を見て」、「住民の非業な死に対する梅澤氏の冷淡な対応に軽いショックを受けた」と書いていますが、実は今引用した二番目の文章は、初版では「私はそのとき、住民に「玉砕」を命令したのは梅澤氏ではないことを確信した」とあったのが改められたものです。初版における、「敵上陸直前の艦砲射撃のなか、指揮官である戦隊長が非戦闘員（住民）の生死を案ずるほど、ゆとりがあったとも思えない」という一文も削除されました。

こうした改変の背景には、二〇〇七年三月の教科書検定で、「集団自決」の強制性をめぐる記述について修正が求められたことがあります。その際、「集団自決」裁判の原告の意見陳述も根拠の一つになりました。これについて、沖縄県で大規模な反対運動が起こったため文部科学省は方針を転換し、検定意見は撤回しないものの、出版社の訂正申請を承認する形で強制性をめぐる記述が復活しました。『母の遺したもの』の改変は、検定意見に対するこのような反対運動と方向性を共有するものです。

他にも新版は、「集団自決」が軍の命令によるものでなくても、慶良間諸島の住民は援護法の適用対象になるという見解が紹介されるなど、旧版にはない重要な記述に満ちています。ただ、とりわけ私に興味深く思われるのは、盛秀の父である盛永が一九五六年に起稿した自筆の自叙伝からの次のような引用です（傍線は晴美によります）。

> 明くれば二十四日午前九時からグラマン機は益々猛威を振い日中は外に出る事は不可能であった。敵の上陸寸前である事に恐怖を感じながら、此の調子だと今明《ママ》日中に家族

> 全滅するのも時間の問題であると考へたので、せめて部落に居る盛秀夫婦、直（注・春子さんの弟）、春子らと共に部落の近辺で玉砕するのがましではないかと、家族に相談したら皆賛成であった。同日の夜、自分は座間味の壕に帰り村の情況と、家族の安否を尋ねたら皆達者で元気一杯で覚悟の活動をしてゐた。

晴美は傍線部について、「「死への準備」を「元気一杯で」行うということに、違和感をおぼえました」と書く一方で、ここには「戦前に培われた気質や人間観、倫理観が脈々と生きていたのではないか」とも記しています。これが意味するのは、なるほど新版は旧版とは異なり「集団自決」が軍の命令によるものだということを明記していますが、同時にそれを積極的に受け入れる心理が村民の中にあったことを全面的に否定しているわけではない、ということです。

「集団自決」裁判で被告側に立った晴美の立場自体は、明確なものです。ところが、右に見たような意味で、『母の遺したもの』が矛盾を孕んだ著書であることもまた否定出来ません。しかし、そのことによって晴美は、大江が陥った表象の固定化という罠を回避していると私には思われます。

(3)「神戸新聞」（一九八五年七月三十日）には、「梅沢《ママ》少佐らは「最後まで生き残って軍とともに戦おう」と、武器提供を断った」という初枝の証言（とされるもの）が掲載されています。これについて大江側は法廷の場で、梅澤の言い分をもとに記載された疑いを指摘しました。確かにその内容は、初枝の手記とは一致せず（手記では梅澤は、「今晩は一応お帰りください。お帰りください」とのみ言っている）、逆に、手記『戦斗記録』に記された、助役や初枝ら梅澤を訪ねた五人に対する、梅澤の以下の応答に符合します。

1. 決して自決するでない。軍は陸戦の止むなきに至った。我々は持久戦により持ちこたえる。村民も壕を掘り食糧を運んであるではないか。壕や勝手知った山林で生き延びて下さい。共にがんばりましょう。

2. 弾薬は渡せない。

これに対する司法の判断は、「梅澤の供述等は、初枝の記憶を越える部分については、到底信用し難い」（高裁判決）というもので、「神戸新聞」掲載の証言（とされるもの）についての初枝自身のコメントも残されていません。では、右の内容が梅澤による意図的な虚言かと問われれば、そうではないと思います。人間誰しも記憶は変容するものであり、言葉には出さずとも潜在意識に「願望」として潜んでいたものが、後に「事実」として意識化されることもあります。それ（この場合は「集団自決」を禁ずること）が、言葉として表現された内容（この場合は「集団自決」に対する態度保留）と矛盾を来すことも、しばしば認められることです。だからと言って、現実の行為や言動の責任が免除されるわけではまったくありませんが、
高校時代に、父親の書架から見つけたドストエフスキーの『カラマーゾフの兄弟』の次の一節は、以来、たえず私の脳内に響き続けています。いまも手元にある、『新版世界文学全集』の米川正夫訳から引用します。

> フョードルは、よっぱらっている最中に妻の死を聞くと、いきなり往来へ駈け出して、両手を空へ差し上げながら、嬉しさのあまり、『今こそ放たれぬ』と叫んだという話もあるが、また一説には、小さな子供のようにしゃくり上げて泣く様子が、たまらない厭なやつではあるけれど、見ているのもかあい《ママ》そうなくらいだった、と伝えている。おそらく、両方ともほんとうなのであろう。

こういうことを踏まえて考えたとき、宮村幸延が梅澤に宛てて書いた念書の信頼性についての司法の判断は、まことに絶妙です。高裁判決は、「被控訴人らは、「証言〔念書のこと――引用者注〕」は宮村幸延が飲酒酩酊させられたうえで書かされたもので、同人の意思に基づくものではないと主張する。しかし、「証言」の筆跡は比較的しっかりしており、控訴人梅澤に示された書面を機械的に写しただけも《ママ》のではなく、宮村幸延が判断力を失うほどに酩酊していたとは到底認められないから、被控訴人らの主張は採用できない」とする一方で、「宮村幸延の「証言」の記載内容は、初枝の話〔幸延が事前に初枝から聞いていた話のこと。それは晴美が紹介した初枝の手記の内容と一致する――引用者注〕を前提とするものという以上の意味を持つものとはいいがたく」ともいいます。つまり、幸延は「初枝の話」を事実と認定して念書を書いたことは間違いありませんが、しかし同時に、「初枝の話」の真実性を証明する根拠を自身が持っているわけではない、つまりこの点については関知しないとの立場にもあったわけで、この矛盾する両面が判決内容として述べられているわけです。

(4)いったい、集団自決の実態はいかなるものだったのでしょうか。司法の結論を一言で言えば、「集団自決に軍が深く関わったと認めるのが相当だが、命令の内容を認定することには躊躇を禁じ得ない」(伊藤秀美『沖縄・慶良間の「集団自決」』)というものでした。

これを別の形で言い換えてみましょう。先にも少し引用した、家永裁判第三次訴訟の最高裁判決文は、原審（最高裁の前の段階で行われた裁判）の認定に従って、「集団自決」の原因について「集団的狂気、極端な皇民化教育、日本軍の存在とその誘導、守備隊の隊長命令、鬼畜米英への恐怖心、軍の住民に対する防諜対策、沖縄の共同体の在り方など様々な要因が指摘され、戦闘員の煩累を絶つための崇高な犠牲的精神によるものと美化するのは当たらないとするのが一般的であった」と述べます。「集団自決」裁判では、右に指摘された諸要因のうち、「守備隊の隊長命令」については一定の疑問符を付し、しかし「日本軍の存在とその誘導」が関わっていたことをもって、そこに軍の関与を認めるという判決になっていると言えます。

これに対して、大江は「陳述書」において、「日本軍―第三二軍―渡嘉敷島の守備軍―そして、皇民教育を受けてきた島民というタテ構造のなかで、島民たちが日々、島での戦闘が最終的な局面にいたれば、集団自決の他に道はない、という認識に追い詰められてきたと考えています」と述べているものの、『沖縄ノート』は実際には、右に掲げた、「集団自決」の諸原因のうち、「守備隊の隊長命令」を指弾する方向に大きく傾いています。

このような『沖縄ノート』の記述が、名誉毀損などの不法行為にあたると訴えて、損害賠償、謝罪広告掲載、出版差止めを請求した「集団自決」裁判は大江側の全面勝訴と言われますが、判決書をよく読むと、司法は大江側の主張を、必ずしも肯定的に評価しているわけではありません。だからこそ、最高裁による上告棄却、上告受理の申立て不受理に際しての声明で、赤松秀一は「敗訴とはいえ自決命令のなかったことが認められ、教科書が改められたのは本裁判の大きな成果」、梅澤裕は「これだけの長期裁判の間、結局、自決命令を出したとする証拠は何も出て来ず、大阪地裁、大阪高裁、最高裁とも、「自決命令は証明されていない」と判断した」と述べたのでした。二〇一一年四月二十一日、東日本大震災直後の混乱が続く中での最高裁の決定でした。

宮城晴美さんとの面談

二〇二三年十月二十一日、学会で東京にいらした晴美さんと面談する機会に私は恵まれました。その時のことを、ここに記しておきたいと思います。

ご著書を読んで、胸を打たれました。今日は突然の申し出にもかかわらず、お忙しいところ、面談の時間を割いていただき有難うございましたと感謝の意を告げると、このホテルは狭いので、どこかお話の出来るところに行きましょう、と気さくにお応え下さいました。以下は、新宿の静かな喫茶店に移動してからの会話です。

井上　今、大江健三郎について書いているのですが、「集団自決」裁判をめぐる大江の対応には、若干の違和感を覚えています。

宮城　この問題の本質的なところと大江さんとは、あまり関係がないように思うんですよ。

井上　どういうことですか？

宮城　そもそもこの訴訟は、沖縄タイムスの『鉄の暴風』を「集団自決」の隊長命令の情報源として書かれた書籍（『沖縄ノート』、『太平洋戦争』）が問題にされていますので、であれば、訴える相手は沖縄タイムス社で、『鉄の暴風』の出版差止めということになるはずです。しかし弁護団としては東京の大手の出版社とノーベル文学賞作家を訴えることで全国の耳目を集めることを狙ったということです。

井上　大江がノーベル文学賞を受賞しておきながら文化勲章を辞退したことへの反感も底流にあったと思います。一方、『鉄の暴風』は初版の「まえがき」にあった、「なお、この動乱を通じ、われ〳〵沖縄人として、おそらく、終生忘れることができないことは、米軍の高いヒューマニズムであった」という文以降が後に削除されるなど、いろいろ問題がある本ですが、「集団自決」命令について、宮城さんは……

宮城　日本軍が住民生活に入り込んだときから、「敵に捕まる前に玉砕するよう」言い続けてきたので、軍の命令はまぎれもない事実です。ただ、そのことだけに拘っていると、かえって、大事な問題が見えづらくなると思うんです。井上さんは沖縄特有の門中制度をご存じですか？

井上　モンチュウ？

宮城　門中制度、男系血族を重んじる琉球王国時代の士族層以来の家父長制です。本土では戦後すぐ民法が改正されて男女平等、家制度廃止が唱えられましたが、沖縄で新民法が適用されたのは一九五七年なんです。

井上　それが「集団自決」の背景にあるということでしょうか。

宮城　米軍の上陸前夜に役場職員から「玉砕命令」が告げられ、翌朝米軍が迫ってきたとき、家長は敵から家族を「守る」ために幼い子から手にかけていった。「集団自決」は、軍→地域のリーダー→家長という、重層的な〝力〟が子どもや女性に及んだということです。男性だけの家族に「集団自決」はありませんでした。命令があったかなかったか、そこばかりに目を向けていると、家父長制の、女性にとっての抑圧的な構造が見えなくなってしまいます。しかし、この制度はいまでも非常に強い力を持っているので、こういうことを言うと、私はいろいろ批判されるんですよ。

そう言って晴美さんは笑いました。私は『新版 母の遺したもの』に引用された盛永自筆の自叙伝のことを思い起こしました。確かに晴美さんはそこに、「戦前に培われた気質や人間観、倫理観」を読み取っていました（しかし、このように理解するだけでは、認識が浅かったことを、後で私は学びます。なぜなら、晴美さんは面談後のメールのやりとりの中で、「抑圧的な構造」とは、「家」を継承するために夫の嫡子を産む義務のことだ、と強調したからです）。

井上　残念ながら、『沖縄ノート』を書くとき、大江はそういうことは何も考えていないですね。しかし、裁判を通じて大江は自分の対応に問題があることへの自覚を迫られ、それが小説『水死』に繋がったと私は考えています。

宮城　そこをぜひお聞きしたいと思っていました。

井上　今ちょうど書いているところなんです。

私は私の考えを話しましたが、それは本書第十章で述べることにします。次に私は、梅澤に対する日本文化チャンネル桜のインタビューに話題を転じました。その動画はニコニコチャンネルで見ることが出来ますが、晴美は真実を知っているのに、裁判で反対側の立場に立っていることについて、「晴美はだね、心の中で私に謝っていると思う」と梅澤は語っています。それについてどう思うかと尋ねると、「いや、謝ってません」と答え、少し考えてから、晴美さんは次のように続けました。

宮城　二〇一四年八月六日に梅澤さんが亡くなってちょうど半月後、チャンネル桜のかたが二人、突然いらしたんですよ。

井上　沖縄のお宅にですか？

宮城　そうなんです。梅澤さんから私に「遺言」があるというのです。その場で見せてくれるよう要求したのですが、パソコンに入っているからと断られ、それで近所の居酒屋に行って、梅澤さんが亡くなる前に録画した映像を見せられたのです。

井上　居酒屋ですか？

宮城　ほかに適当な場所が無かったんですね。映像は梅澤さんが、「自分は命令を出していない」と泣きながら繰り返し仰っている場面でした。奥さまもご一緒に……。「遺言」と言われましたが、私あての映像ではありませんでした。

「どう思われましたか」と尋ねると、晴美さんは再び少し考えてから、「母にとって梅澤さんは雲上人のような人でした。そういうかたの泣いている姿は不愉快でした」とお答えになりました。

チャンネル桜の番組には、梅澤は集団自決を命じていないと明確に証言する宮平秀幸のインタビューも収められています。十五歳だった当時、伝令を務めたという秀幸さんについても、私は尋ねてみました。

井上　秀幸さんのインタビューもインターネットで見ることが出来ますね。

宮城　秀幸は母の義弟なんですよ。長い付き合いですが、言ってることが信用できない。

井上　秀幸さんはあちこちでインタビューに答えていますが、その内容が、どうも一致しないようです。控訴審では、秀幸の新証言とされるものについて「明らかに虚言」と断じられてしまいました。

宮城　尋ねられたら、いろいろ物語を作って話してしまうんですね。でも秀幸が癌になって亡くなる前、私はお見舞いに行ったんです。そうしたら、私の手を強く握って、「ごめんな。晴美は晴美の信じる道を行ってくれ」と。

ambiguous から逃げない

以上、「集団自決」裁判をめぐって長い記述になってしまいましたが、それでも、必要最低限のことしか語ることが出来ていません。これは本来、それだけで何冊もの単行本が書かれるべき問題であることを強調しておきたいと思います。

もちろん、大江にとっても裁判は大きな意味を持っていましたが、それが作品と深く関わるようになるのは『臈たしアナベル・リイ　総毛立ちつ身まかりつ』以降のことです。その時、ノーベル賞受賞講演で強調されたあいまいさ《アムビギユイテイー》が、大江自身の「本当ノ事」とともに、大江に正面からの対決を迫ってくるようになります。もう逃げ場はないのです。先にも述べたように、あいまいさ《ヴエイグネス》の美学をめぐる文脈の全体を批判するのは容易なことではありませんが、裁判経験が大江に大きな圧力をかけることになったのは間違いありません。

「圧力をかける」とは、別の言い方をすれば、「啓示を与える」ということでもあるのですが、しかし、その前に、大江にとって衝撃的な事件が起こりました。「集団自決」裁判提訴より七年以上、時を遡ります。ノーベル賞受賞の三年後にあたる一九九七年十二月二十日、大江から見て兄的存在だった伊丹十三が、港区麻布台のマンションの駐車場で、「飛び降り自殺の遺体となって発見されたのです。

第九章

おかしな二人組《スウード・カップル》

――『宙返り』『取り替え子《チェンジリング》』『憂い顔の童子』『さようなら、私の本よ！』

空飛ぶ麻原

伊丹十三の死については女性関係のスキャンダルが関係していると言われますが、過去に暴漢に襲撃された事件もあったことから、不審の念を抱くむきもありました。大江の立場から言えば、妻の兄であり、自身にとっては兄的な意味を持つ存在の死が衝撃でないわけはありませんが、もっと深刻な事情もあるように思います。その人物造型の背後に伊丹の姿が見える『日常生活の冒険』の斎木も『懐かしい年への手紙』のギー兄さんも、最後には命を失います。ということは、大江の中に、敬愛する伊丹に対し、同時にその死を願う思いも伏在していたことが窺われます。その伊丹が実際に亡くなれば、大江は罪悪感を抱くようにもなります。『取り替え子《チェンジリング》』には、そんな心理的葛藤の中で書かれたとしか思えない張り詰めた緊張感があります。このことは、『取り替え子《チェンジリング》』に先立って書かれた『宙返り』上下二巻（講談社、一九九九年六月）と比較するとよくわかります。

『燃えあがる緑の木』三部作を「最後の小説」と位置づけていた大江ですが、親しい友人であった音楽家の武満徹が一九九六年に亡くなると、葬儀の場でもう一度小説を書くと宣言しました。その結果生まれたのが『宙返り』で、巻頭には「――永遠の武満徹に」と記されています。しかし、その内容は武満徹を意識したという以上に、実際にオウム真理教事件が起こったという事実を踏まえて、『燃えあがる緑の木』のテーマを語り直そうとしたものだと言えます。

筋を簡単に紹介すると「宙返り」と呼ばれる転向によってある宗教団体を解散した師匠《パトロン》らが、教団を再興して「燃えあがる緑の木」の教会施設を引き継ぐというもので、二代目ギー兄さんの息子であるギー少年がやがてこれを率いてゆくことが暗示されて終わるのですが、下巻において、教団内の技師団というグループの一人が、次のように言う場面があります。

> われわれのサイドには、師匠《パトロン》たちにとって「宙返り」が唯一の方法だったか、という問いかけがいまも生きています。それと関連づけて、機動隊がオウム真理教の富士山麓のアジトに踏み込んだ時、麻原がやったこと、やらなかったことについて話し合いました。そして、あれは麻原の「宙返り」だったという意見が「技師団」として合意されたのです。

麻原があのように「宙返り」しないとして、どういう行動がかれにありえたか？　オウムの修行の基本形である蓮華座を組んで、背筋を伸ばし眼をつぶって、サティアンの高い窓から飛び立ち、富士に向けて飛行すればよかった。現実に飛び続けることができないとすれば、サティアンの窓から墜落するだけでよかったのです。

このエピソードには、『宙返り』の中心的メッセージが凝縮されていると思います。たとえ空を飛ぶという奇跡が起きなくても（これを言い換えれば、たとえ神がいなくても）、だからこそ信仰は必要であり、「宙返り」（転向）はすべきではない、というメッセージです。

それはそれで心を打ちますが、しかしこの小説の結末は、『燃えあがる緑の木』の結末と、一見正反対のように見えて、あまり異ならないように思われます。『宙返り』の最後の一行は、「教会という言葉は、私らの定義で、魂のことをする場所のことです」というものですが、教会を否定して巡礼に出ようとしたギー兄さんが目指したのも魂のことでした。しかし、先にも述べたように、本当に目指すべきは、魂のことではなく本当のことだったはずです。

コギーの中にギーがいる

これに対して、『取り替え子《チェンジリング》』（講談社、二〇〇〇年十二月）、『憂い顔の童子』（講談社、二〇〇二年九月）、『さようなら、私の本よ！』（講談社、二〇〇五年九月）という三作品において、大江は間違いなく新たな次元に足を踏み入れています。そもそも、『取り替え子《チェンジリング》』の冒頭は異様です。

　書庫のなかの兵隊ベッドで、ヘッドフォーンに耳を澄ませている古義人《こぎと》に、

――……そういうことだ、おれは向こう側に移行する、といった後、**ドシン**という大きい音が響いた。しばらく無音の時があって、しかし、おれはきみとの交信を断つのじゃない、と吾良《ごろう》は続けていた。わざわざ田亀のシステムを準備したんだからね。それでも、きみの側の時間では、もう遅い。お休み！

　要領をえないまま、古義人は耳から眼の奥を引き裂かれるような、悲しみの痛みを感じた。しばらくそのままでいた後、田亀を書棚に戻してなんとか眠ろうとした。服んでいた風邪薬の働きもあって、しばらくは眠ることができたが、かすかな物音に目をさますと、書庫の斜めになった天井の蛍光灯に、立っている妻の頭が淡く光っていた。

　――吾良が自殺しました、あなたを起さないで出かけるつもりでしたが、マスコミの電話ラッシュにアカリが怯えるといけないから、と千樫《ちかし》は、古義人が十七歳の時からの

友人の、彼女にとっては兄の身に起った事を告げていた。

吾良はもちろん伊丹をモデルとし、カセットテープで自殺予告の音声を聞いた主人公の古義人が、その直後に実際に吾良が自殺したという知らせを受ける場面です。以後も、大量に残されたカセットテープを通じて、古義人は吾良とある種の霊界通信を続けるというのがこの小説の概略になります。ちなみに田亀というのは、ヘッドフォーンの形が谷川にいる田亀に似ているからそう呼ばれているのですが、単なるフィクションであればまだしも、近しい実在の人物を対象とするこのような設定は、書き手の精神の安定の上でいかなる意味を持つのか、不安を覚えずにはいられません。

また、この小説には、大江家の人物を思わせるキャラクターが、例によって奇怪な名を得て登場します。

長江《ちょうこう》古義人……大江健三郎
長江アカリ……大江光
長江千樫……大江ゆかり

これらの人物名は、『臈たしアナベル・リイ 総毛立ちつ身まかりつ』を除き、この後の大江作品においてもそのまま踏襲されるのですが、ここにも第四章で柄谷行人の説を引いて述べたアレゴリーの働き、ないし「現実効果」の排除という意味があるように思われます。

この点については後で立ち返ることにして、そもそもタイトルの取り替え子とはどういうことか先に考えたいのですが、これはヨーロッパの民間伝承で、子どもを誘拐する妖精や精霊が身代わりに置き残しておく偽の子どものことを言います。特に、大江の『取り替え子《チェンジリング》』では、この伝承に基づくモーリス・センダックの絵本『外側のあの向こう《アウトサイド・オーバー・ゼア》』が参照されています。ゴブリンという悪い妖精に、まだ赤ちゃんの妹を盗み取られ、氷の人形に置き換えられてしまった姉のアイダが、外側のあの向こうに赴いて妹を取り返すという絵本です。ここから明らかなように、『取り替え子《チェンジリング》』は何よりも、「おれは向こう側に移行する」と言って死んでしまった吾良を奪回、再生し、あわせて秘められた罪悪感の補償をしようとする話なのですが、実はこのことに、ある重要な問いが重ねられているように思われます。

この小説は古義人の視点から語られますが、最終章は千樫の視点に変わります。そこで千樫が考えたことの幾つかを抜粋しましょう。

あの夜明け近い真夜中、吾良が帰って来て嬉しいのに、自分がかえっておびやかされるようでもあったのは、そこに居たのが本当の吾良と取り替えられた“changeling”のようだったからだ。あれ以後の吾良も兄に違いはないのだから、センダックの本とはズレがある。それでも、あの時自分が感じたことをセンダックの言葉でいうと、帰って来た吾良は、外側のあの向こうの気配を引きずっていたのだ。

私にとって、古義人は最初からどこかよくわからないところのある人だった。それでいて、あの人と結婚したのは、それがすべてではないにしても、古義人が、吾良の連れて行かれた外側のあの向こうに同行していた、ただひとりの人間だったからではないか？

吾良の死は古義人を苦しめ、田亀に惑溺させもしたが、やがて夫も外側のあの向こうのことをウソなしに書くことができるのではないか？

　それが夫に小説家として死に到ることの、本当の意味を明かすだろう。

ここには幾つもの重要なことが語られています。それらは複雑に入り組んでいるので、箇条書きにして整理してみましょう。

(1) 吾良が外側のあの向こうに赴いたのは、その死がはじめてではない。千樫が古義人と結婚する前、既に吾良は古義人と、外側のあの向こうに行っていた（ちなみに、ゆかりが大江と結婚するのは一九六〇年です）。

(2) 外側のあの向こうから帰って来た時点で、吾良は既に取り替え子（偽の子ども）だった。ならば、古義人もそうではないか（千樫が結婚した古義人は“changeling”だったのだ）。

(3) 古義人はまだ外側のあの向こうのことを書いていない。それを書くことが古義人の最後の仕事になるのではないか（これは、大江のいわゆる後期の仕事《レイト・ワーク》に対応します）。

(4) 今の時点では、かつて外側のあの向こうで何があったのかはっきりしない。

このように整理すると、さらに次の問いが導かれるでしょう。

(5) 吾良を取り戻すことは、古義人が外側のあの向こうを書くことに置き換えられるのではないか？

(6) それは、大江が「本当ノ事」を表現することと、どう関わるのか？

どうやら吾良を奪回する話は、古義人が外側のあの向こうを書くこと、そして大江が「本当ノ事」を表現することと重ねられているように思われます。大江が真に「本当ノ事」に向き合うことを迫られるのは、「集団自決」裁判が始まって以降だと私は考えていますが、『取り替え子《チェンジリング》』の時点で、大江の内面で秘かにそのための準備が始まっていたと理解することが出来るのです。

実は、『取り替え子《チェンジリング》』、『憂い顔の童子』、『さようなら、私の本よ！』は、おかしな二人組《スウード・カップル》三部作とされていて、『取り替え子《チェンジリング》』の場合には古義人と吾良の二人組が主人公の位置にあるのですが、以上を踏まえると、自殺した吾良の再生可能性が、古義人の今後のあり方に委ねられる形で『取り替え子《チェンジリング》』は幕を下ろしていると見ることが出来ます。『憂い顔の童子』以降、古義人の呼び名がコギーとなることは、これを象徴しています。

先に、ギー兄さんの背後に伊丹十三の影が認められることを指摘しました。

ギー兄さん＝伊丹と、コギト＝大江。そう、コギトの中にギーが入り込んでコギーとなり、いわばギーの命運はコギトに託されることになるのです。

小石の死

『憂い顔の童子』の舞台は、大江の故郷である四国の松山です。亡くなった老母から故郷の土地付きの家を相続した古義人は、アカリとともにそこに暮らすことになります。一方、千樫はベルリンに行ってしまいました。それは、吾良と関係のあった女性（浦さん）が、ベルリンで一人で出産、育児をするのを助けるためでした。

そんな古義人に寄り添う新しいキャラクターが登場します。大江文学を研究するアメリカ女性のローズさん。ローズさんは、かつてロリータのようであったに違いない面影をどこかに残す中年女性という設定で、サイデンステッカーが川端の『雪国』からロリータ的要素を消し去ったことへのアイロニカルな反応が、ここに働いているように思います（このことについては第十章でもう一度触れます）。このローズさんが、古義人の新しいおかしな二人組《スウード・カップル》の相方になるのですが、筋立てはやはり入り組んでいます。正直なところ、三部作、とりわけ『憂い顔の童子』は、内容が錯綜していて、完成度という点から見れば、決して成功作とは言えないと思います。しかしこれは、『水死』に至るための準備の苦しみゆえと考えれば、むしろここに、大江を圧迫した強迫観念の生《なま》の姿を触知することが出来るようにも思います。

そこで、ローズさんが担っている役割を、箇条書きにして整理してみましょう。

(1) 古義人にとっての童子の意味を明らかにする。
(2) かつて外側のあの向こうで起こったことを明らかにする。
(3) 三部作最終作である『さようなら、私の本よ！』への橋渡しをする。
(4) 古義人にとっての母親の問題の解決を促す。

(1)について、古義人は公開討論会で、「つねに少年として森の奥に生きており、この土地の人々を危機が見舞う際、時を越えてその現場に出現し、かれらを救う」ものこそ「童子」だと発言するのですが、幼い頃の古義人には、森の彼方に消えていったコギーがいた（そう信じていた）ことを知ると、ローズさんは古義人にこう言います。

――あなたが五歳の時、森に帰って行ったコギーは、「童子」なんだと思います。「童子」は時間と空間を自由に行ったり来たりできるのだから、コギーはそれから沢山の冒険をしたでしょう。

後に残されたもうひとりのコギーも、決して怠けないで生きてきました。こんな山奥で育っていながら、十歳の時に戦争が終ると、外国語の本を読むことに興味を持った。さらに東京の大学で語学を勉強した。

このエピソードはたいへん重要なものですが、(2)との関係において気掛かりなことがあります。もし、森に帰って行ったコギーが童子なのだとしたら、古義人は吾良とは無関係にその時点で早くも、外側のあの向こうに行ってしまって、「後に残されたもうひとりのコギー」は、取り替え子（偽の子ども）である可能性も否定は出来ないということです。

(2)に関してローズさんは、しかしまた別の問いも投げかけています。外側のあの向こうの出来事は、三部作において「アレ」と呼ばれる出来事と関わっているように見えますが、それについてこう述べているのです。

五十年前、古義人と吾良が占領軍の人間の車で、古義人の父親の門弟だった国家主義者たちの錬成道場へ行った。そこで古義人も吾良も苦しい目にあった。それが、アレですね。まだ若かった語学将校のピーターがどういうことになったか、じつは古義人にも吾良にも不明のまま。私は、ピーターのその後を知らないという古義人を信じています。

私は、古義人のいう通り二人の少年が、錬成道場で酷たらしいことが起った現場は見ていないと信じています。そうでなければ、四十年もの作家生活で、古義人が記憶の反映したシーンなりメタファーなりを書かなかったことはありえません。意識して隠すことができるレヴェルじゃないんです。吾良がアレを描いたシナリオにも、両足を潰されて腕の力だけで漕いで逃げるアメリカ兵は出て来ないのでしょう？　知っていたら、そんなに映画的なイメージを、どうして吾良が無視しますか？

少し、背景を説明しましょう。ここで語られているのは、「みずから我が涙をぬぐいたまう日」に描かれた「あの人」（古義人の父にあたる）の道場を引き継いだ、片腕（腕が一本しかない）の超国家主義者である大黄《だいおう》（「ギシギシ」と呼ばれる）さんのグループが、吾良の美貌を餌にしてピーターを性的に誘い出し、武器（と言っても朝鮮戦争で使われて大半は故障していましたが）を持ち出させようとしたことです。そして、占領軍撤退の前に基地に対する自爆テロを計画しましたが、失敗してピーター殺害に至ったのでした。……と書きましたが、実は、本当にそういうことが起こったのかどうか確証はなく、ただ、その可能性がある以上、古義人はピーター殺害の罪悪感に苦しめられているのでした。川端の『古都』のスウェーデン語訳が、占領軍の問題をあいまい《ヴェイグ》にぼかしたことに対するアイロニカルな反応を、ここに読み取ることが出来ます（スウェーデン語訳のことは大江は意識していないと思われますが）。

しかし、ここにも何か釈然としないところがあります。というのも、『取り替え子《チェンジリング》』の最終章で語られる「あの夜明け近い真夜中」に何が起こったのか、右のような事件が起こったのか起こらなかったのか、結局のところ不明瞭だからです。

私の考えによれば、五歳のコギーの体験や「アレ」についてのローズさんの解釈は必ずしも誤りではありませんが、しかし、より重要な論点を覆い隠す煙幕にもなっていると思います。ところが同時に、煙幕を張ることによって、その向こう側に核心的な何かが潜んでいることを暗示しているとも言えます。いったいそれは何でしょうか。

(3)その核心に迫ってゆくために、大江は三部作の最終作『さようなら、私の本よ！』を書かなければなりません。ローズさんは、その導き手の役割を果たしています。

大江は、江藤淳、石原慎太郎らとともに「若い日本の会」のメンバーとして日米安保条約に反対しました。しかし、その後この会はバラバラになり、江藤や石原は保守派として大江と対立することになります。『憂い顔の童子』ではそのパロディ版として「老いたるニホンの会」が結成され、古義人も「我が青春のジグザグデモ」のパフォーマンスに参加します。ところが、機動隊に扮した三島神社（『同時代ゲーム』以来、繰り返し登場します）の新しい神主の真木彦らと衝突して頭部を強打し、意識不明の重態に陥ってしまいます。そのベッド脇で、ローズさんが呼びかけ続けます。

　コギト、コギト、年をとっても活動的なあなたが、いままったく動かないのは、森の奥に戻って、あなたの頭の回線を夢を見る人の大きい構造につないでいるからではないか？　その回線をつなぐ工事のために、あなたの頭はあれほど血みどろになったのではないか？　憐れなコギト、コギト。

　しかしそうであるなら、あなたはいまこそ、森で夢を見る人によりそって、夢のスクリーンに映し出されるものをみな、繰り返し見ているのです。それを言葉にして紙に書けば、コギト、あなたがこれまで書こうとしながら書くことのできなかった小説になるでしょう。

確かに、この「夢のスクリーン」上で、何か核心的な物語が展開しているに違いないのです。そしてローズさんの呼びかけ通り、人事不省の状態から蘇った古義人が主人公となる次作『さようなら、私の本よ！』以降、大江は最晩年の『水死』に向けて、驚くべき最後の飛躍を成し遂げます。

この意味で、ローズさんは芸術の女神ミューズと言うべき存在です。実は彼女は、真木彦とアナルセックスを楽しんでいるときに放屁したり（本人は否定しますが）、それに対抗意識を燃やした古義人のプロポーズをにべもなく断ったりしたこともある愉快で大胆な女性なのですが、ひょっとしてその造型に第六章で触れたスーザン・ネイピアの影響はないでしょうか。いまでは大江研究者、三島研究者というより日本アニメの研究者として知られるネイピアに、私はそれとなく聞いたことがありますが、返事をもらえないまま、今に至っています。

(4)ローズさんの重要な役割がもう一つあります。母親の問題に決着をつけさせることです。

本書では、これまで大江の母・小石に触れることがありませんでしたが、大江から見て彼女は実に抑圧的と言ってよい存在でした。『万延元年のフットボール』には、既にそのような母親像が描かれていますが、これがはっきり示されるのは、父の伝記を書こうとして失敗する人物を主人公とする「父よ、あなたはどこへ行くのか?」の「b 表」に引用された、主人公の母の次のような手紙です。それは親族すべてに書留速達で送り付けられたのでした。

ミソサザイが発狂しましたがそれは家系のためではありませんから念のためお知らせいたします、外国で唐瘡《とうがさ》にかかったのですから、感染しないよう、絶交してくださることを、お願いいたします。

昭和四十＊年冬　署名

孤児院の便所の庭や三十三歳　百閒

「ミソサザイ」とは、彼女が我が息子を貶めてそう呼んだのでした。

ところが、大江の母は、伊丹十三が自殺する二週間ほど前に九十五歳で亡くなりました。それは明らかに大江に解放感をもたらしています。

ベッドに横たわったままの古義人は、心の中で、幼時、浅瀬の岩の括《くび》れに頭を挟まれて死にかけたのを母親に助けられたことを思い出します。母は古義人の両足をつかみ、「測り難いほどの痛みに向けて」捩じって助け出したのでした。しかし、いま、蘇って小説を書くように古義人に呼びかけているのは、母ではなくローズさんです。

それならば、もう声にならない痛みの叫びをあげながら、苦しい生に引き戻されることはない。母親は死に、あの上流で火葬されて、いまは塵のなかに眠っているのだ。母親の小さい身体のためにも小さすぎた骨壷に入らない骨は、川に流された。

実はローズさん本人は、自分の果たした役割を自覚していないようでもあります。しかし、そうと知らずとも、亡くなった母から古義人が呪縛され続けないように導いた後、彼女はアメリカに帰ってゆきました。

笑いものになった戦後民主主義

既に何度も述べたように、私の考えでは大江の最高傑作は『万延元年のフットボール』と『水死』です。しかし、この二作を除いて好きな作品はと言えば、第一に『さようなら、私の本よ！』、そして『臈たしアナベル・リイ 総毛立ちつ身まかりつ』です。本書もいよいよ大詰めになって、これらの作品を論ずることに興奮を覚えます。

ここまで私にお付きあい下さったあなたなら、『さようなら、私の本よ！』の冒頭を読んで、きっとワクワクすると思います。頭を打って入院し、回復途上の古義人を見舞いに訪れた建築家の旧友・椿繁は、「きみの初期の仕事に、妙な書き出しがあったね、いまのおれときみの、垂直と水平の対峙をさ、予言的に書いてたよ」と言って、こう読み上げます（この引用を覚えていますか。第五章を読み返してみて下さい）。

> ある真夜中、かれがローテクスの回転式鼻毛切りで、もう生きた足の上に乗っかって塵埃の巷に出てゆくこともない、自分の鼻を、猿の鼻孔さながらに、鼻毛いっぽんはえていないものにすべく、しきりに刈りこんでいると、おなじ病院の精神科病棟から抜け出てきたのか、通りすがりの気狂いか、ともかく男としては異様なほど小柄で痩せているのに、ヒゲダルマ風に毛だらけの顔だけ真丸にふくらんだやつが、やにわにかれのベッドの裾に横坐りすると、
>
> ——いったい、おまえは、なんだ、なんだ、**なんだ！** と泡を吹いて叫んだ。

椿は明らかに蘇った伊丹十三で、彼は、いったいお前は何者かという、「みずから我が涙をぬぐいたまう日」の冒頭に置かれた問いを、古義人に突き付けます。この問いが、お前は天皇の問題をどうするつもりだという三島の問いを反復するものであること、「みずから我が涙をぬぐいたまう日」という作品は、父と天皇の問題を提示するものであったことを思い起こして下さい（本書第五章）。これが引用されているということは、いよいよ大江は、父と天皇の問題を追究し始めることを決意したように思われます。本書前半でたびたび触れた垂直と水平の構図に言及されていることも、読んでいてゾクゾク痺れます。

ただし、『さようなら、私の本よ！』で照準が合わされているのは、もっぱら三島です。大江がこれほど正面から三島と対決したことは、かつてありませんでした。そして、長きにわたって大江を脅かし続けた三島に関して、着地点にして新たな起点ともなりうる一つの場所に到達したちょうどその時、「集団自決」裁判が提訴されたというタイミングの奇蹟には、驚かずにはおれません。

それはいったい、どのような場所なのでしょうか。

この小説はテロリズムの話です。二〇〇一年の9・11同時多発テロから影響を受け、あるプランを考えている椿繁は、「コギー、おれたちは超高層建築のビルをひとつ爆破する」と言って、退院した古義人を巻き込もうとします。

そこで、きみの役割だ。大爆破のスイッチが押される。そのある時間前に……この時間は、実行にあたって具体的な調査をもとに計算する……きみがね、コギー、ＮＨＫの臨時ニュースに現われて、大爆破の場所と時間を発表するんだ。つまり退避を呼びかける、それだけだ！

国際的な文学賞を受けた作家が、ＮＨＫの本館の受付けに来て、現に進行している大爆破のプランについて話す。あるいは責任者に「ジュネーヴ」の声明を渡すのでもいい。

「ジュネーヴ」とはテロの上部組織の名称です。なぜそこに三島が関わるかというと、「ジュネーヴ」の一員であるロシア系アメリカ人のウラジーミルは、こういうことを考えているからです。

〔……〕ミシマが総監を人質にしてある部屋に引き揚げ、かれを救出しようとする自衛隊員と戦闘になって、ついに逮捕されたとしたら、どうだったか？　それなりにかれの考えと行動は本気なものだった、こう受けとめる民衆はいたのじゃないですか？

その一方、確信犯ミシマの裁判での陳述が報道され、有罪判決後の獄中生活も、時をおいて報道され続けるでしょう。そのうちミシマは、政治的指導者として確固とした評価をかちとってゆくのじゃないですか？　刑期を終えたミシマが白髪になって、しかし獄中でもやり続けたボディビルの成果はあきらかに、堂々とシャバに戻って来るんです。

バブル経済で日本中が浮かれているところへミシマが社会復帰して、「タテの会」を再組織する。そういうことになっていたら、どうだったでしょう？


現実には三島は死んでしまいました。ところが、ウラジーミルは古義人を挑発します。

この国には……在日米軍のことを別にすれば……自衛隊ほど強力な武装集団はありません。政界、官界、実業界の腐敗は、これでもか、これでもかというほどじゃないですか？　自衛隊員に、現状で満足できる、神秘的な理由でもあるのですか？　長江さんの友達の、いろんな人たちが向こう側から帰って来るのなら、どうしてミシマが帰って来ないでしょう？

一見、荒唐無稽な話のように見えるので、つい読み飛ばしてしまうかもしれませんが、あらためて考えると、椿繁のプラン自体は、現実問題として不可能なものではありません。そうだとすれば、大江はこのような小説を書くことによって、「堂々とシャバに戻って来る」三島と対峙しうるテロリズムを起こす覚悟が自分にあるかどうか、それを自身に問うていることになります。大江はこのとき七十歳です。しかもノーベル文学賞受賞者です。そういう人物が、こういう地点に立ってこんな小説を書いていることに、率直に言って私は驚かされます。この小説のエピグラフにはエリオットの「イースト・コウカー」の詩句が引用されていますが（西脇順三郎訳）、作品内容に照らすと、独自の輝きを放ちます。

　もう老人の知恵などは
聞きたくない、むしろ老人の愚行が聞きたい
不安と狂気に対する老人の恐怖心が

ところが、椿のプランは「ジュネーヴ」から却下されてしまいました。それに応じて方針転換した椿たちに納得できない二人の若者（武とタケチャン）は、古義人の山荘を爆破して、タケチャンは自爆、武は地下に潜伏します。そして、この計画にはもともと古義人も関わっていたことが明かされると、「それまでも批判はいろいろあったぼく〔古義人のこと――引用者注〕の「戦後民主主義」「平和主義」は、笑いものとなった」のでした！　以後、古義人は隠棲することになります。

三島の死をめぐる長い葛藤の着地点、ここにそれを認めることが出来ます。

驚くべきことに、それは大江の敗北宣言なのでした。

ところが、そこから全力で大江は立ち上がろうとします。

事件後、一時は警察に拘留されていたものの、何か有力者の助力があったのか釈放された椿と、後年になってようやく再会した古義人は、こんな会話を交わします。

ぼくが駆け出しの頃、全体小説を書け、と叱咤する先達がいたものだ。それこそ全体小説的に、人事をふくめてなにもかも、わずかな、奇態ですらある「徴候」を読みとって、記述する。日付と場所を、わかれば証言者の名も示してね、毎日、二、三個見つからな

> いことはないよ。〔……〕
> ――コギーはそれを出版することで、ついには予言者の評価をえようという気なのか？
> ――**そんなことをして何になる!?**　と古義人は怒りの声をあげていた。

それでも古義人が、生涯の最後に「徴候」を読みとり、その「徴候」を書き留め続けていることを知った椿は、ナボコフの『賜物』から「さようなら、私の本よ！　死すべき者の眼のように、／想像した眼もいつか閉じられねばならない」という語句を引きながら、こう言います。

> コギーも、自分の書いた本に別れを告げねばならない年だ。それでいながら、いつ終るとも知れない、小説とはまた別のものを書いている。

私たちには、それがどのような作品になるのかわかりません。おそらく大江自身にも、この時点ではわかっていないでしょう。しかし、何かを書き続けようとする意志があればこそ、それは新たな飛躍への起点ともなりうる。そして、大江は再び三島と対決するのです。こう考えるなら、『さようなら、私の本よ！』における古義人のおかしな二人組《スウード・カップル》の相方は、椿のように見えて、実は三島なのかもしれません。その起点の導火線（それは既に用意されていました）に火をつけた出来事、それこそが「集団自決」裁判の提訴だったと私は考えています。

私の個人的な体験

本章の最後に、私の個人的な体験を書くことをお許しください。私が勤務している白百合女子大学には、大江が、ゆかりさん、光さんとともにお見えになったことがあります。しかし、それは私の着任前で、私自身は大江と直接会ったことがありません。けれども、極めて個人的な「紐帯」を感じたことがあります。『さようなら、私の本よ！』で触れられた二つの三島書簡のうちの一つに関する次の一節を読んだ時です（もう一つは第五章で触れた、「セヴンティーン」に深い感銘を受けたという書簡です）。

> ずっと若かった頃だ。わが文壇に、ぼくが自殺するのじゃないかという風評があったらしい。今度出た全集に収められているミシマの手紙に、長江が自殺を試みて失敗したよ

うだが、と文壇仲間に問い合せたものがある。

実際、新潮社刊行の『決定版三島由紀夫全集』の書簡篇（第三十八巻、二〇〇四年三月）所収の一九六六年七月十六日付け北杜夫宛封書には、こんな一節があります。北の作品集『天井裏の子供たち』の読後感を記した後に続く文章です。

――それはさうと大江健三郎自殺未遂といふ噂をききましたが本当でせうか？　彼にはたしかに何か、精神病質の危険な兆候が感じられます。

これについて大江は椿に、「あれは、まんざら火のない所の煙ではなかった」と言わせているのですが、なぜこのことが私に個人的な「紐帯」を感じさせたかというと、三島全集の書簡篇を編集したのは私で、その解題を書きながら、この書簡を読んだら大江はどう思うだろうか、本当のところはどうだったのか、とても気になっていたからです。

私は大江に会ったことがないと言いましたが、三島にも会ったことはありません。しかし、三島の書簡とそれに対する大江の反応を読み合わせると、二人の作家の魂の交錯を垣間見る思いがします。

もう一つ、これはまったく個人的なことで、私にしか意味のない話ですが、それは作中人物たちの奇怪なネーミングのことです。前にも述べたように、ここには、柄谷行人のいうアレゴリーの働き、ないしバルトのいう「現実効果」の排除が認められると思われますが、それにしても古義人、アカリはともかく、なぜ千樫なのでしょうか。千樫、チカシ、chikashi と言っていると（これは私にしか意味のないことを再度強調しますが）、takashi、タカシに似ている気がします。kogito の t、akari の a、で chi を置き換えると takashi になります。『万延元年のフットボール』の鷹四、『燃えあがる緑の木』の隆、また本書では取り上げていませんが、一九八九年から九〇年にかけて雑誌「へるめす」に連載された『治療塔』に木田隆という人物が登場します。大江にとってこの名前は強迫観念になっているのです。私にしか意味のないことだと何度も繰り返しましたが、千樫という名を頭の中で音読するたびに takashi の音を連想してしまうと、大江がこれを意識しなかったとはとても思えず、複雑な気持ちを禁じえません。

第十章

大江健三郎の「本当ノ事」

――『臈《らふ》たしアナベル・リイ　総毛立《そうけだ》ちつ身まかりつ』『水死』『晩年様式集《イン・レイト・スタイル》』

論争2時間、視線そらさず

大江の作品史には、しばしば驚くべき飛躍があります。特に『さようなら、私の本よ！』、『臈たしアナベル・リイ　総毛立ちつ身まかりつ』、『水死』の三作においては、三段跳びのような跳躍が見られますが、それは裁判の進行と密接に関わっています。ここで、その主な流れを、関連事項も含めて整理しておきましょう。

二〇〇五年八月五日　原告が訴えを提起。
　　九月二十九日　『さようなら、私の本よ！』（講談社）刊行。
　　（初出は「群像」一月号、六月号、八月号）
　　十月二十八日　第一回口頭弁論。
二〇〇六年十一月一日　若島正訳『ロリータ』（新潮文庫）に解説を寄せる。
二〇〇七年九月二十九日　大江、当日付け陳述書を作成。
　　十一月九日　第十一回口頭弁論で梅澤裕、赤松秀一、大江健三郎の尋問。
　　十一月二十日　『臈たしアナベル・リイ　総毛立ちつ身まかりつ』（新潮社）刊行。

（初出は「新潮」六〜十月号）
二〇〇八年三月二十八日　第十三回口頭弁論（判決言渡。原告の請求棄却）。
四月二日　原告が控訴を提起。
十月三十一日　第三回口頭弁論（判決言渡。控訴棄却）。
十一月十一日　上告を提起、上告受理の申立て。
二〇〇九年十二月十七日　書下ろしで『水死』（講談社）刊行。
二〇一〇年十一月一日　『美しいアナベル・リイ』（新潮文庫）刊行。
（『﨟たしアナベル・リイ　総毛立ちつ身まかりつ』を改題）
二〇一一年三月十一日　東日本大震災。
四月二十一日　上告棄却、上告受理の申立て不受理決定。
二〇一三年十月二十四日　『晩年様式集《イン・レイト・スタイル》』（講談社）刊行。
（初出は「群像」二〇一二年一月号〜一三年八月号。途中休載あり）

ここに記したように、二〇〇七年十一月九日の口頭弁論は、原告の梅澤、赤松と、被告の大江が対峙する形となりました。翌日の「朝日新聞」には、「論争2時間、視線そらさず」

との小見出しのもと、次のようにあります。

　この日昼すぎに入廷した大江さんは被告弁護団席の後方に座り、まず渡嘉敷島元戦隊長の故・赤松嘉次さんの弟で原告の秀一さんに対する尋問に耳を傾けた。
「大江先生は渡嘉敷島を訪れて直接取材することもなく、兄を誹謗中傷した。憤りを感じる」。赤松さんがそう答えて大江さんに視線を投げかけても、目をそらすことなく、じっと見つめた。

　この経験が直接的に関わってくるのは、年表からもわかりますが、『水死』においてです。しかし、これに先立つ『臈たしアナベル・リイ　総毛立ちつ身まかりつ』も、既に「集団自決」裁判から一定の影響を受けています。この小説が書かれた直接のきっかけは、新潮文庫版『ロリータ』の解説を書いたことと思われますが、結果的にそれは、大きな課題を作者に突き付けることになりました。

ロリータと国民国家

『臈たしアナベル・リイ　総毛立ちつ身まかりつ』というタイトルは、亡くなった少女アナベル・リイへの愛を詠うエドガー・A・ポーの遺作詩（日夏耿之介訳）にちなむものです。同様に、この遺作詩に影響を受けた作品にナボコフの『ロリータ』があり、そこでは少女ロリータに対するハンバート・ハンバートの愛の原型となった、その相手の少女の名が、アナベルとされています。ここからわかるように、『臈たしアナベル・リイ　総毛立ちつ身まかりつ』の主題の一つは少女に対する性愛です。しかし、先にも述べた『憂い顔の童子』のローズさんとロリータとの連想関係や、サイデンステッカーによる川端の『雪国』訳が孕んでいる問題を想起するなら、ここには他にも問題意識が潜んでいるように見えます。

『臈たしアナベル・リイ　総毛立ちつ身まかりつ』には、時間の異なる複数の物語が走っていますが、これもなかなか複雑なので、例によって、箇条書きにして整理しましょう。最初は少しわかりにくいかもしれませんが、(5)まで眼を通してください。

(1) 老作家の「私」は映画プロデューサーの木守と、三十年前に潰れた映画企画に再チャレンジする。それは死して御霊となった「メイスケ母」（『同時代ゲーム』で描かれた「村＝国家＝小宇宙」の一揆の首謀者の一人・亀井銘助の母）の嘆き（口説き）を演じたいという、女優サクラの強い意志による（これが語りの現在）。

(2) 一九七〇年代なかば、ドイツの劇作家・詩人のクライスト（一七七七〜一八一一）生誕二百年祭において世界各地で『ミヒャエル・コールハースの運命』を映画化する企画があり、日本ではサクラの主演により、「私」がその脚本を担当して、原作のアダプテーション（翻案）が考えられた。しかし、スタッフのチャイルドポルノ事件（子役の幼女を盗撮していた）によって、撮影中止となる。

(3) サクラは戦災孤児で、占領軍の情報将校マガーシャックに庇護され、やがて結婚するが、実は、チャイルドポルノを撮影されていた。しかし、サクラはそれを覚えていない。

(4) アダプテーションのプランは、「メイスケ母」（「メイスケ」の実母とも義母ともいわれ、「メイスケ」の生まれ変わりを産むが、その生まれ変わりの「メイスケ」は石子詰めで殺され、自身も強姦、輪姦される）の話に依拠する。男女の性別の違いこそあれ、「メイスケ母」こそコールハースに相当するのだ。

(5) クライストの『ミヒャエル・コールハースの運命』は、十六世紀、「三百もの僧俗公侯国」に分裂した神聖ローマ帝国時代に、サクソニヤ（ザクセン）選帝侯と闘った実在の人物をモデルとする中篇小説。コールハースは横暴なサクソニヤ新領主フォン・トロンカと闘い、最終的には法廷でコールハースの訴えが認められた。一方、フォン・トロンカを炙り出すために街を焼き討ちにするなどした罪を問われたコールハースは、進んで公開処刑を受ける。

このうち、アダプテーションのプランに関しては、「私」（本作では古義人ではなくKenzaburo ないしケンサンロウとされています）の次の言葉が重要です。

〔……〕ひとつの地方で、藩権力を百姓一揆が追いつめる、それを幕府が鎮圧できないという例ならいくらもあった。現にぼくが、小説を書き始めてずっと持ち続けて来た主題に近づく。『万延元年のフットボール』に書いている百姓一揆は、ぼくに一地方全体の物語として描く力がなかったので、自分の家の伝承のエピソードに矮小化してしまった。

この考え方に対して、木守はこう応じます。

この物語を、きみが幕末の四国の森から起ち上る百姓一揆と藩権力との、闘いの構図にシナリオ化すれば、そのあつかい方次第で、「M」計画は意図どおりのアジア版を作ることができる〔ここで「M」計画の「M」は三島を指しているように見え、実際その含意があるのでしょうが、表面上はミヒャエル・コールハースに関する国際的な企画のことです──引用者注〕。

右の引用は、大江文学の全作品史の中で画期的な重要性を持つ箇所だと思われます。私たちは第四章で『万延元年のフットボール』を扱ったとき、柄谷行人の提示する座標を用いて作品構造と近代日本社会の構造との照応関係について検討しました。同作の発表は一九六七年なので、その後、四十年近くにわたり大江は多くの作品を発表し続けてきましたが、この問題について本質的な思索が深められたのは、今回がはじめてです。それは近代国民国家の成立、発展過程が必然的に社会の構造的分裂を深めてしまうのは日本に限ったことではないという問題で、国民国家形成の遅れたドイツにおいても、それが顕著に認められるのです。

クライストはそれを鋭く見抜いていて、『ミヒャエル・コールハースの運命』は神聖ローマ帝国の時代を舞台にしながら、十九世紀、さらにはそれ以降に起こるであろうドイツの深刻な亀裂を憂える書なのでした。

しかも、それは性愛との葛藤を引き起こす。クライストが人妻と自殺したことはこれを象徴しますが、このことを日本で誰よりも早く認識していた文学者は、森鷗外だと思われます。「舞姫」、「うたかたの記」、「文づかひ」というドイツ三部作は、それぞれベルリン、ミュンヘン、ドレスデンを舞台に、プロイセンを中心に国民国家が統一されてゆく過程で排除される性愛を巧みに描き出しました（「舞姫」のエリスは狂気に陥り、「うたかたの記」のルードヴィヒ二世は狂死し、「文づかひ」のイイダ姫は自己幽閉します）。ただし、その後の鷗外が進んで日本の社会構造の問題まで踏み込まなかったのは、論ずるのに時期尚早だったという面もありますが、むしろ社会における強者の側にいた彼が、あえてその構造を攪乱することを望まなかったという部分もあります。

『雪国』の翻訳に際してサイデンステッカーがロリータ的要素を消去したことの背景にも、同じ問題が横たわっています。なぜなら、日本の国民国家の文化的アイデンティティ、しかも冷戦期の西側の価値観から好意的に認知される文化的アイデンティティにとって、それは不都合な要素だからです。このときロリータというテーマは、幼児性愛の問題を越えて、ナショナル・アイデンティティとの緊張関係という問題を孕むことになります。

その点、大江は無礼なほど大胆です。前にも少し触れましたが、『個人的な体験』の英訳の版元としてクノップ社ではなくグローヴ・プレスを選んだことから考えても、右の事情に大江が充分に通じていたことが窺われます。

「アナベル・リイ映画」無削除版

この意味で、『﨟たしアナベル・リイ 総毛立ちつ身まかりつ』はまことに重要な作品なのですが、作品後半に入って、驚くべき展開を示します。ちょうどスタッフのチャイルドポルノ事件が起こって「M」計画の継続が難しくなったとき、かつてマガーシャックが幼いサクラを撮った映像の無修正版（「アナベル・リイ映画」無削除版と呼ばれています）を、サクラとKenzaburo は、はじめて見てしまうのです。

——白い寛衣を着た美しい少女の映像だと信じ込んでいたその映像の削除箇所には、サクラが凌辱される映像が映っていました。Kenzaburo は言葉を失い、サクラは精神的に錯乱します。彼女は、信頼していた庇護者のマガーシャックに、チャイルドポルノを撮影されていたのでした。

いったい、これは何を意味するのでしょうか。進行中の「集団自決」裁判に目を向けるなら、これは、かつて大江が『沖縄ノート』で、「慶良間の集団自決の責任者も、そのような自己欺瞞と他者への瞞着の試みを、たえずくりかえしてきたことであろう」と書き記したその「試み」によって「瞞着」された側の人間が、抑圧されていた真実に時間を遡って向き合う瞬間に他なりません。ただし、注意すべきは、ここでは「瞞着」するのは日本兵ではなく、占領軍の人間であることです。それは、『鉄の暴風』の背景にあった米軍のヒューマニズムを称揚するというイデオロギーの根幹を揺るがす設定です。

ここに至って、大江の思考はいったん石化し、停止しているように思えます。主人公が古義人ではなくKenzaburo（ないしケンサンロウ）になっているのは、古義人として対処する自信が無かったからではないかとも私には思われます。

『臈たしアナベル・リイ　総毛立ちつ身まかりつ』の物語は、それから三十年たって、サクラの強い意志によってあらためて「メイスケ母」の御霊の口説きの映画化が目指されるというものなのですが、その映画が実現する前に、小説は幕を下ろします。

そうだとすれば、サクラの願いを引き継ぐ作品。同時に、法廷で大江に向けられた原告の視線を受け止める作品——。それが書かれるべきではないでしょうか。それこそが『水死』なのでした。

襟を正して『水死』に臨む

『個人的な体験』と『万延元年のフットボール』との間の隔たりは極めて大きいと前に述べましたが、『臈たしアナベル・リイ　総毛立ちつ身まかりつ』と『水死』との間の隔たりは、それを上回るかもしれません。もし大江が『水死』を書くことがなく、私が『水死』を読むことがなければ、本書を執筆しようという思いを抱くこともなかったと私は思います。『水死』はそれほどまでに重要な作品です。襟を正して『水死』に臨むために、本書のここまでの記述を振り返っておきたいと思います。

私はまず、大江文学を貫く垂直の構図について指摘しました（「奇妙な仕事」、「死者の奢り」、「飼育」）。天皇に対する偏愛についても指摘しました（「セヴンティーン」）。他方、光さんとの関係、原水爆の問題をめぐって偽善と歪みがあること、しかしそれが、執筆活動を推し進める動力源ともなっていることを見て来ました（『個人的な体験』、『ヒロシマ・ノート』）。そして、『万延元年のフットボール』において、大江が怪物的な本性を現わしたこと、しかし、大江自身の「本当ノ事」がいつどのようにして表現されるかということは『万延元年のフットボール』以降の文業に賭けられていることを確認しました。頭と顔を真赤に塗り肛門に胡瓜を詰め込んだ縊死体のイメージが、大江を監視しています。

ここから長い混迷の時期が始まります。父の問題（「父よ、あなたはどこへ行くのか?」、「みずから我が涙をぬぐいたまう日」）、「集団自決」（『沖縄ノート』）、三島由紀夫の死（「みずから我が涙をぬぐいたまう日」、「月の男《ムーン・マン》」）――。これらの難題に大江は立ち向かおうとしますが、それは重なり縺れあって、大江を呪縛し続けます。この間に書かれた『同時代ゲーム』と『M/Tと森のフシギの物語』は、一見、豊かで複雑であるように見えながら、実のところ除菌、脱色されていて、むしろ『「雨の木《レイン・ツリー》」を聴く女たち』、『新しい人よ眼ざめよ』に問題の複雑さとおぞましさが露呈しています。何とかこれをごまかして大江は逃げ切りを図りますが（『懐かしい年への手紙』、『燃えあがる緑の木』）、ノーベル賞受賞によって（というより、受賞講演と文化勲章辞退が引き起こした保守派の反発によって）、それでは済まなくなり、その延長線上に、「集団自決」裁判が起こりました。

私の考えによれば、このことが大きな契機（もしくは啓示）となって、受賞講演で強調されたあいまいさ《アムビギュイティー》と、大江自身の「本当ノ事」とが、ともに正面から問われるようになります。特に大江は、『さようなら、私の本よ！』によって、はじめて「三島問題」の一つの着地点に達し、そこからさらに歩みを進めてゆきました（『臈たしアナベル・リイ 総毛立ちつ身まかりつ』）。

驚くべきことに、『水死』ではこれらすべてのテーマが、より高くより深い次元で展開しています。本書第一章で、優れた小説の冒頭と結末においては、作品世界の構造上の変化が認められると述べましたが、大江文学全体が『水死』に至って大きな構造変化を遂げたと言えます。いったいこれはどんな小説なのでしょうか。

『水死』は、小説家の古義人が、かつて「父よ、あなたはどこへ行くのか？」、「みずから我が涙をぬぐいたまう日」で試みて挫折した父の主題に再挑戦する小説です。「みずから我が涙をぬぐいたまう日」では射殺されたことになっている父ですが、本当は、洪水で溢れた川に短艇で漕ぎ出して溺死したらしい。それは、「敗戦に際して何らかの仕方で天皇が立ち去られることになるならば、前もっての殉死をしておく」ということだったようなのですが、古義人はその真相を、「水死小説」として書こうというのです。ところが、父の遺品や古義人自身の古いメモなど関連する資料が収められていると思われた実家の「赤革のトランク」をようやく入手して中身を調べてみても、これといった新情報は得られず、「水死小説」の構想は挫折してしまいます。

しかし、本当に「水死小説」は書かれず、父の死の真相が明らかになることはなかったのでしょうか。『大江健三郎全小説15』に付された年譜によると、大江の父・好太郎は、一九四四年十一月、大江が九歳のときに心臓麻痺のため五十歳で急死したとのことです。この年の夏に小田川が氾濫して大洪水が起こったとも年譜にありますが、何か国家主義的、天皇主義的なことに関わって射殺されたのでも溺死したのでもないようです。しかし、大江の精神世界にあっては、父は謎の死を遂げたのでなければなりませんでした。私の考えによれば、その真相を大江はこの小説で見事に書き記していると思います。『水死』は講談社書下ろし一〇〇冊の企画として刊行されたもので、装丁は「赤革のトランク」を模しています。ここには遊び心があって、ページを開いて小説を読み終えると、父の死の意味が明らかになる仕掛けになっているのです。つまり、「水死小説」の構想は成功したのでした。その内実については、順を追って考えてゆきたいと思います。

きみは、バカだ／大丈夫ですよ！　僕は死ぬから！

「水死小説」を書くという筋と並行して、『水死』には二つの重要な物語の筋があります。その一つは、古義人とアカリの物語なのですが、はじめてこれを読んだ時、ここまで書いてしまったのか……と、私は驚愕しました。我が子が生まれた際に、大江は赤ん坊殺しのテーマを描きますが、小説の結末において話を反転しました（『個人的な体験』）。そこに歪みがあることは、本書でたびたび指摘した通りです。ところが、これから見てゆくように、大江は今、自身の筆で偽善の仮面を引き剝がそうとするのです（『水死』第五章）。

大江と親しかったパレスチナ系アメリカ人の批評家にエドワード・サイードがいます。サイードの大切な遺品であるベートーヴェンの「ハイドンに捧げられた三つのソナタ」の楽譜を古義人は持っていましたが、その第二番のソナタとモーツァルトのＫ五五〇との関連に気づいたアカリは、「そこのところをパパにわかるように、鉛筆で囲っておいてください」という古義人の求めに応えて、しかし、古義人が席を外した間に、二色の太いボールペンで楽譜に印を書き込んでしまいます。

　私は、暴力的なほどのもので胸を塞がれた。アカリの膝に開かれている楽譜の部分が、いちめん黒ぐろと囲まれ、上辺の空きには、大きくＫ550と書かれている！　私は血相を変えていただろう、見上げて来るアカリの顔から微笑が消えた。

――私は、薄い字が、苦手ですから……というアカリの語尾も弱まっていた。

――きみは、バカだ、と私は大声を出していた。

　アカリの顔に激しいものが動いた。ある間《ま》を置いて、かれは両腕を頭に強く廻し、その両腕をバタバタやった。かれ自身を殴りつけているとしか見えない動作。


「きみは、バカだ」という暴言をはじめて吐かれたアカリは、衝撃を受けます。古義人も烈しい自己嫌悪に陥ります。その数日後の夜のことです。

　そしてその夜、私が心底打ちのめされて寝室兼仕事場のベッドに横たわっていると、枕の下から「ハイドンに捧げられた三つのソナタ」第二番が湧き起った。居間で、相当な音量で掛けてるということだ。私はそのままでいたが、続いてＫ五五〇のシンフォニーが聞こえて来ると、自分を抑えることができなかった。私は階下に降りて行った。アカリが再生装置の前の床にべったり座っていた。

——もう遅いからね、明日にしよう、と私はいった。

アカリは私の方を見向きもしなかった。私は怒りにとらえられた。そして私は、アカリの脇にしゃがむと、ボリュームをさらに上げた。前を向いたままのアカリの首筋が赤くなった。千樫が寝室から出て来ると、食堂の入口でこちらをうかがっていたが、私の血相を見とどけて引き退って行った。曲が終ると、アカリは丁寧にＣＤをしまって立ち上った。こちらを向いたアカリに、

——きみは、バカだ、と私はいった。

二階に戻り、暗闇の底からその奥を見上げるようにして長い時を過した〔……〕

このように、古義人は二回にわたり暴言を吐くのです。特に、二回目、アカリが大音響を響かせる場面に関しては、『新しい人よ眼ざめよ』の、次の一節を思い起こさずにはいられません。

〔……〕息子が〔……〕ＦＭ放送を高い音で聴いている。それが数時間つづいて、家族

の誰もがまいってくる。そこで妹が兄に、

――イーヨー、すこしだけ音を小さくしてね、と頼んだのだった。息子は荒あらしく威嚇の身ぶりを示して、かれの体の半分ほどの妹をすくみこませた。

――イーヨー、だめでしょう、そういうことをしては！　と妻がいう。私たちが死んでしまった後は、妹と弟の世話にならなければならないのよ。いまみたいなことをしていたら、みんなから嫌われてしまうわ。そうなったらどうするの？〔……〕

――大丈夫ですよ！　僕は死ぬから！　僕はすぐに死にますから、大丈夫ですよ！

『新しい人よ眼ざめよ』では、この出来事から時を経て、「イーヨー」は光さんへと成長するのですが、『水死』においては、その前の段階まで時計が巻き戻されるのではないでしょうか。そうだとすれば、「きみは、バカだ」という古義人の暴言は、アカリにとっては、「早く死ね」と命じられるのと、同じことを意味するはずです。

「はじめに」で述べたように、障害者の父である大江は、差別やケアの問題に敏感な作家だと言われます。それは間違いではありませんが、真実のすべてではありません。彼はそもそも赤ん坊殺しの殺意を抱いていたのですが、それを偽善の仮面によって隠し続けてきた。今、仮面の裏側にあったものが、はじめて暴露されたのでした。

二〇二三年九月、東京大学に大江健三郎文庫が開設されました。そこには多数の原稿や校正刷り類が収められています。『水死』のこの箇所はどうなっているのかと思い、私は早速閲覧に赴きました。すると、「そしてその夜」から始まる先の引用の一行目の「っていると」以降、最終行の「二階に戻り、暗闇の底からその奥」までは、二〇〇九年一月十四日出校の初校ゲラに手書きで書き足されていたことがわかりました（口絵の図1、図2。ちなみに出校日の一月十四日は、三島由紀夫の誕生日です）。これに先立つ入稿原稿では、「そしてその夜、私が心底打ちのめされて寝室兼仕事場のベッドに横たわって暗闇の底から暗闇を見上げるようにして長い時を過した［……］」となっていたので、二回目の暴言をめぐるエピソードは、「暗闇の底から暗闇」という短い文言が、後から大幅に書き換えられたものだったのです。

これは何を意味するのでしょうか。

草稿やゲラ、創作ノートなどと比べると、決定稿のテキストが、さまざまな葛藤の結果としてそこに現出していることがよくわかります。葛藤はそこで終息したわけではなく、確定した文字列も、見方を変えれば烈しく運動している。この大地は動かぬように見えますが、宇宙空間における地球は、実は秒速九〇〇キロほどのスピードでうみへび座の方向に移動しているとも言われます。事情はそれとよく似ています。内面の「暗闇」に視線を向けた執筆者の大江は、逆にその「暗闇」から見据えられ、その時秘められた殺意が露呈します。言い換えれば、暗闇の底から「本当ノ事」が顕現してくる。その暗闇の底とは、センダックの言う外側のあの向こうと別の場所ではないのかもしれませんし、歴史そのものの闇の底かもしれません。ひとたびそう気づくと、文字列の動きは、決定稿のテキストを読む私たち読者の眼にも生々しく迫って来ます。

「二人で同時にする自慰行為」はおしまいだ

さらに、この小説にはもう一つ重要な筋立てがあります。それは、ウナイコと呼ばれる女優と、元文部官僚で教育界の実力者であるウナイコの伯父・小河との話です（ちなみにウナイとは短い童児の髪型、ないしそのような髪型の子どもの意ですが、なぜ彼女がそう呼ばれるかは後述します）。実は彼女は少女の頃から「二人で同時にする自慰行為」と称して、伯父から愛撫を受ける習慣がありました。ところが、十八年前に起こったある出来事について、ウナイコはこう回想します（『水死』第十四章）。

まだ全室に冷房があるというのじゃない時期で、わたしが素裸で足を開いてベッドの上で涼んでいたら、股の間をすぐ近くから見ていた伯父さんが、「二人で同時にする自慰行為」はおしまいだ、と大声でいって、わたしを強姦したんです。〔……〕伯父さんは、わたしが苦痛で泣き叫んだのに、一度貫通するともう痛くない、と朝まであと二回強姦して、御自分の寝室に帰られました。

そして今ウナイコは、映画化されたものの契約のトラブルから自由に上演出来ずにいるサクラの演ずる「メイスケ母」の映画とともに、中学生、高校生を対象とする舞台『メイスケ母出陣と受難』を公演しようとします。しかも、「死んだ犬を投げる」と名付けられた討論劇をそこに組み込んで、その中で高校時代の自分を強姦した伯父を告発しようと計画しているのです。

ところが、古義人の故郷の中学校の円形劇場でそのリハーサルが行われた後、古義人はウナイコに協力してきた妹のアサから驚くべきことを伝えられます。次の引用文中、リッチャンはウナイコの劇団の相棒、大黄は『憂い顔の童子』にも出てきた片腕の超国家主義者で、

『水死』の結末において決定的な役割を果たします。「三人の者ら」は小河と、その財団の二人の職員です。マサオは舞台版「みずから我が涙をぬぐいたまう日」を成功させた劇団穴居人《ザ・ケイヴ・マン》の穴井マサオです。また、アカリがここにいるのは、取り返しのつかない衝突以降、音楽もまったく聞かずに「鬱塊」のようにふさぎ込んだアカリと古義人を心配したアサと妻の千樫の計らいによるもので、二人はともに故郷の森で生活しているのでしたが、事態は思いがけない方向に進んでしまうのでした（『水死』第十五章）。

アサは、私の脇に近付くと、

――三人の者らが大黄さんの錬成道場だったところに、ウナイコを監禁しました、といった。男らの二人は自分らの車に、もうひとりがウナイコとアカリさんを乗せた車をリッチャンに運転させて出て行ったそうです。劇団の若い子に、長江が警察に届ければアカリさんがひどい目にあう、と言い残して。その後、大黄さんから電話があって、あたしに兄さんにだけ事情を話して連れて来るようういいました。それまですべてをあたしひとりの胸におさめて置くつもりで、先方の何らかの働き掛けを待っていました。それで劇団の若い子に誰にも話すなといって、現にマサオも何も知りません。

兄さんに直接何かしようというのじゃなく、連中が台本をチェックしてウナイコに書き直しを強制してるようですが、「死んだ犬を投げる」芝居のアドリブとしての部分でも、長江古義人の承認がいる、とウナイコがガンバッテいるそうです。

大黄さんがどういう立場かはわかりません。あたしには大黄さんが小河夫人とそのご主人との、旧知の間柄だとわかっているだけです。まだ、誰が味方か敵かもわからなくて、警察にどうこうという段階ではないんです。


ここで、小河側とウナイコ・古義人側が、台本の記述をめぐって対立するのは、大江の『沖縄ノート』や歴史教科書における「集団自決」についての記述をめぐる裁判のパロディーになっているのですが、ではその結末はどうなるのでしょうか。

性犯罪の被害者が、その後、さらなる心理的社会的ダメージを受けることをセカンドレイプ（性的二次被害）といいます。しかし、その晩、ウナイコが受けたのは、身体的被害、つまり監禁の末に、強姦、それも、小河に命じられた財団の二人によって輪姦されたのでした。ちょうど「メイスケ母」が輪姦されたように。

三つの「本当ノ事」

このように、『水死』には、「水死小説」を書く古義人の物語と並行して、古義人とアカリの物語、小河とウナイコの物語という二つの筋が走っていますが、この二つの筋について考えると、ある共通点に気づかされます。本来であれば、相手を庇護すべき強者が、庇護されるべき弱者を攻撃する。しかも二回にわたって攻撃するのです。そしてこれは、「集団自決」裁判における原告側と島の住民との関係に対応しています。なぜなら、島民はかつて自分たちを守るべき軍の命令によって死を強いられ、そして今裁判を起こされることによってもう一度殺されていると見なしうるからです。

古義人／アカリ
小河／ウナイコ
「集団自決」裁判原告／島民

ところで、この構造を見る者は、驚くべきことに思い至らないでしょうか。「集団自決」

裁判において、大江は原告と闘う被告だったはずです。しかしこの構造によれば、大江はむしろ小河とともに原告側、つまり赤松嘉次と梅澤裕に同一化しているのです。大江は『沖縄ノート』の末尾で、「日本人とはなにか、このような日本人ではないところの日本人へと自分をかえることはできないか」と述べていました。つまり大江は、現時点での自分自身が「このような日本人」であると述べていたわけですが、それが真に意味することを、ここではじめて暴露したのではないでしょうか。アカリへの秘められた殺意が第一の「本当ノ事」だとすれば、自分が実のところ原告側の人間だということが第二の「本当ノ事」だと言えると思います。「集団自決」裁判で、大江が原告を厳しく批判したのは間違いありません。間違いありませんが、それは大江にとって自己批判でもあったのです。

　これを象徴すると思われるエピソードを一つ紹介しましょう。私は先に「鬱塊」という言葉を引用しましたが、これは家でふさぎ込んでいる古義人とアカリを指すものとして大江が案出した言葉です。ここで、『沖縄ノート』を思い起こすならば、大江は、「人間としてそれをつぐなうには、あまりにも巨きい罪の巨塊のまえで、かれ〔「慶良間の集団自決の責任者」のこと——引用者注〕はなんとか正気で生き伸びたいとねがう」と書いていました。「巨塊」とは、「集団自決による大きな死体の塊という意味だ」と、地裁の口頭弁論で大江は述べています。

「鬱塊」と「巨塊」――。いずれも耳慣れない大江の造語ですが、「塊」の一字を共有しており、大江がこのことに無自覚だったとは考えにくい。そうだとすれば、「鬱塊」となったアカリは、古義人によって殺害された「死体」であり、古義人もまた「鬱塊」となっているのは、自己処罰のために、古義人が古義人自身を精神的に殺害したことを物語るように思われるのです。

さらに、『水死』が物語る「本当ノ事」は、この二つにとどまりません。それはウナイコという芸名の女優に関することです。「彼女のウナイコという呼び名には、千樫さんが関係してるのよ」というアサの言葉に応えて、ウナイコはこう語ります（『水死』第一章）。

> 〔……〕わたしはアサさんから、お祖母さんが監督の妹さんのお嬢さんをウナイコのようだといわれたと、そのお嬢さんがわたしに似ていたと聞いて、それなら〔……〕ウナイコと改名しようか、といってみました。それが若い人たちに受けて、そうなっています。

これを聞いている古義人は、「千樫が母に会わせに、子供らを初めて谷間に連れて来た時、長女の真木《まき》が、いま目の前にいる娘と同じ髪型を、もっと童女らしいかたちでしていたのに、母親が感心した」という話を思い出しますが、アサはさらにこう言います。

――あたしもね、母と千樫さんがその話をしている傍にいたんです、とアサはいった。ウナイコという呼び名の出てくる歌も母は教えてくれて。郭公《ほととぎす》をちかへり鳴けうなゐこが打ち垂れ髪のさみだれの空、と嬉しそうでした。

私はこの箇所についても、大江健三郎文庫の資料を閲覧しました。すると、先の例では初校ゲラへの書き込みが顕著でしたが、今回は、入稿原稿における書き換えが目立ちました。一例を挙げるなら、「脇で聞いていた古義人は、ポーの詩の日夏耿之介訳に、アナベル・リイとわが身こそ／もとよりともにうなゐなれど、とある、といった、とまで話したところで、アサが話を自分のものにしてしまった」という一文が書かれ、傍点箇所が赤の色鉛筆で再度強調されるとともに、「古義人」の文字が消され、おそらく「私」に置き換えられたと思われるのですが、いわゆる「見せ消ち」の多用される大江の原稿の中で珍しくこの箇所はホワイトで消去され、はっきりしたことはわかりません。そして、結局、この部分の全体が削除されています（口絵の図3の原稿の末尾から、図4の原稿の冒頭にかけて）。
ところで、日夏が訳した原詩の該当箇所の連の全体を引用すると次のようです。

I was a child and *she* was a child,
　In this kingdom by the sea,
But we loved with a love that was more than love —
　I and my Annabel Lee—
With a love that the wingèd seraphs of Heaven
　Coveted her and me.

ここで詠われているのは、ともに子ども（うなゐ）である「私」とアナベルとが交わす至上の愛です。すると、ウナイコの命名は古義人の長女の真木との類似性に由来し、その背後にはアナベル・リイが存在することになりますが、これを先述の構造とも重ねて、次のように示してみましょう。

古義人／アカリ
小河／ウナイコ
□／真木
「私」／アナベル

右を一種の方程式と考えれば、□の解は小河のみならず、古義人であり「私」でもあります。これはいったい何を指し示しているのでしょうか。

一言で言うなら、インセストの主題だと思われます。考えてみれば、『万延元年のフットボール』における鷹四と「白痴の妹」との関係以来、インセストは大江文学の重要なテーマの一つでした。それが、ここでは一段先の境域へと踏み入っています。生原稿における度重なる書き換えは、この事態に大江自身が慄《おのの》いていることを窺わせます。

インセストの主題とそれへの動揺。原稿と読み合わせなければ俄かには感知しにくいのですが、ここに『水死』が物語る第三の「本当ノ事」を読み取ることが出来ます。

長江先生の一番弟子は、やっぱりギシギシですが！

このように『水死』には、大江文学が長い期間にわたって抱え込んでいながら表現されることが避けられ、また不可能でもあった幾つもの「本当ノ事」が、ついに顕現するに至っています。それは必ずしも作家としての大江が意志的に行ったというわけではなく、むろんその要因も大きいのですが、それ以上に「本当ノ事」の方が大江にこれを直視し表現するように迫っていると思われます。その引き金として、やはり「集団自決」裁判は無視しがたい役割を果たしています。そして、ひとたび表現されると、それはより一層高く、同時にますます深い次元へと大江を導きます。私たちは『万延元年のフットボール』の構造として謎が謎を呼ぶ螺旋階段というものを指摘しましたが、『水死』の結末部分の階段には、むしろ段がありません。読者は作者とともに、その何もない空間を跳躍しなければならないのです。

先に、ウナイコが監禁、輪姦されるまでを見て来ましたが、その後の展開を見てゆきましょう。すべては激しく雨の降る、夜中の一瞬の出来事でした。

大黄さんは、懐中電燈を点けるのでもなく足許に気をくばる様子もなく、大股に出て行った。ある時間がたって、二発続く銃声がした。リッチャンは、角テーブルの椅子の列の、いちばん端のものに座ったままでいた。

すぐさま大黄さんは戻って来て、開いたドアを背にし（そこをいっぱいにしてしずくを垂らしている大黄さんの身体は片腕だけれどケタ外れに大きく、リッチャンは怯えて声も出なかったが）優しげな声をかけて来た。

――小河を撃ちました。まだタマはあるが、小河の手下は害さない（そういって、大黄さんは足もとの床にピストルの包みを置いた）。夜が明ければ警察に運ぶように、それまで車に積んでおけ、と言いつけました。あのままでは、ウナイコが恐れるやろうから。

これは、リッチャンから報告を受けたアサが、翌朝になって、古義人に伝えた内容です。というのも、古義人はこの間、すでに眠っていたのでした。しかしそれは、眠りながら見ていた夢のようでもありました。

アサの報告は続きます。

古義人さんが起きて来られたら、いうてください。短艇が出て行くのを隠れて見ておるわしは、先生の跡継ぎの古義人さんが付いて行かれると考えておった。〔……〕先生御自身は、死なれる気やが、そのあと自分に憑いておった物の怪が古義人さんに移動して、古義人さんを本物の跡継ぎにすると考えておられたのやろう。〔……〕しかし、古義人さんは短艇に乗り込む段にやりそこのうて（自分の意思で拒否して、であったかも知らん）大水のなかへ出て行かず、コギーの幻が父親と一緒に行くのを見送っておられたのやった……　わしはさっきピストルを撃った時、片腕者やが狙いはあやまたず、長江先生に憑いておった物の怪が、いまはわしを新しい「よりまし」にしておるのを知りました。わしは、もうずっと遅れてしもうたけれども附《ママ》いて行きますよ、長江先生の一番弟子は、やっぱりギシギシですが！

　このあと古義人は、「激しく降りしきる森の高み、森の奥へと上って行く大黄さんの後姿を（やはり自分がただ）見送っている」のを思い出します。これはもはやアサの報告というより古義人の見た夢の内容なのですが、ここで、『憂い顔の童子』におけるローズさんの言葉を思い出しましょう。古義人は、「夢のスクリーンに映し出されるもの」を、まさに書き写しているのです。

> しかし、森歩きの古強者大黄さんは、注意深く突き進んで、決して倒れないだろう。錬成道場の真上の森は、本町区域を迂回して、谷間の森につながっている。大黄さんは歩き続け、夜明け近くには追跡の警官隊に追いつかれる心配のない場所に到っていただろう。それからは樹木のもっとも濃い葉叢のたたえている雨水に顔を突っ込んで、立ったまま水死するだけだ。

これが、小説『水死』の結びの一節です。前にも述べたように、古義人の父親が、洪水で溢れた川に短艇で漕ぎ出して命を落としたのは単なる溺死ではなく、「敗戦に際して何らかの仕方で天皇が立ち去られることになるならば、前もっての殉死をしておく」ことだったのかもしれません。そして、大黄はいま、天皇に殉死した長江先生のために、「もうずっと遅れてしもうたけれども」、殉死するのです。「立ったまま」の「水死」は垂直の方向性を持ち、しかも「水死」という語音 suishi が「縊死」ishi の語音を含んでいることを考えると、このエンディングの描写には大江文学を貫く様々なイメージが凝縮していることもわかります。

さらに、見逃すわけにゆかぬ、極めて重要なことがあります。それは、アカリのことを

「きみは、バカだ」と罵倒する古義人を罰し、ウナイコを強姦した小河を、ひいては庇護されるべき弱者を攻撃する強者を罰するためには、ある理念が必要であるということです。その理念とは、古義人が信奉している民主主義ではありません。民主主義は逆に罰せられる側であり、これを罰するのは古義人の父や大黄の信じる超国家主義、そして天皇なのです。その天皇のために、古義人の父は殉死する。ここにその死の意味が存し、この点がはっきり書かれているからこそ、『水死』が「水死小説」として成功していると私は考えます。それは同時に、いったいお前は天皇の問題をどうするつもりだ！　という三島の問いに対する、大江の真摯な応答になっています。

　これは三島の天皇論に極めて近いものです。しかし、以下の点において、両者は対極にあります。三島にとって天皇は絶対ですが、それは天皇自身が自己否定の契機を含むからで、天皇陛下万歳と叫んで自決することによって、実は三島は天皇を批判し、しかしそのことによって逆に、天皇の絶対性が保証されることになります。この考え方は、「みずから我が涙をぬぐいたまう日」における「**あの人**」（すなわち古義人の父）が、「真ノ国体ヲ護持スル」ために、戦闘機を奪取して「大内山〔皇居のこと――引用者注〕」に自爆攻撃を仕掛けようとしたことに通ずるものがあります。

ところが、古義人の場合については、既に大黄が、夏目漱石の『こころ』を引き合いに出して、こう言っていました（『水死』第十一章）。

> 軍国主義教育のもとの古義人少年にとって、「時代の精神」は、漱石や乃木大将の「明治の精神」が比較にならないほどに、「神としての天皇、現人神の精神」だったのやないですか？

この天皇は自己否定の契機を含みません。従って、三島のように天皇に対する批判と自身の自決とが等号で結ばれることがなく、天皇は無条件に絶対的であり、大江自身は、古義人がそうであるように、その絶対的な天皇に罰せられる位置に置かれるのです。大江文学における天皇への幾重にも屈折した偏愛の原点も、ここから説明出来ます。

全体小説と世界文学

では、『水死』は最終的に天皇と超国家主義を唱道するのみなのかと言えば、そうではないところに、この小説の独特な存在意義があります。民主主義者を自認しているはずの古義人は、アカリを罵倒し、ウナイコを助けることも出来ません（それどころか、実はウナイコを凌辱する側の人間です）。しかしそれでも彼は、「森の奥へと上って行く大黄さんの後姿を（やはり自分がただ）見送っている」立場に、あくまでもとどまろうとします。その意味で、『水死』という小説は矛盾の塊りですが、大江はこれをあいまい《ヴェイグ》に誤魔化そうとはしませんでした。そうではなく、矛盾を矛盾のまま引き受ける。この自分で自分を引き裂く姿勢こそが、大江がノーベル賞講演で強調したあいまいさ《アムビギュイティー》ということなのです。

ノーベル賞の受賞者は、受賞後に知的生産能力が衰えるということが、しばしば指摘されます。しかし、大江はあいまいさ《アムビギュイティー》と向き合うという極めて困難な課題を、『水死』において見事に実践してみせました。この点においても、大江は稀有な文学者だと思います。

また、『水死』は、対立する両極をあわせ持つという、デュボアの言う「特異な要因」が「そのすべてをひとつの円環の中に閉ざす」方法とは異なるやり方で、読者に全体性の効果を与える全体小説たりうるのではないか、と私は考えています。

さらに、世界文学という点から見たらどうでしょうか。世界文学とは何か？　世界中で親しく読まれる文学のことでしょうか。ちょうど二十一世紀が始まった頃、パスカル・カザノヴァやデイヴィッド・ダムロッシュの世界文学論が話題になり、言語や国境の壁を越えた文学の可能性の広がりに、あらためて光が当てられました。しかし、実際にはそこにはパリ中心主義（ジョイスの文学はダブリンでもロンドンでもなくパリで認められた）、あるいは英語覇権主義（優れた世界文学はすべて英語に翻訳されねばならない）といった偏りが潜んでおり、ダムロッシュのもとで学んだアミール・ムフティがこの点を突いて、世界文学という考え方の中に存するオリエンタリズムの弊害を説いたのは痛快でした（『英語なんて忘れてしまえ！』二〇一六年、未邦訳）。遡って言えば、一九六〇年の時点でヴェルナー・フリードリヒというスイスの比較文学者が、既にこういうことを言っていました。世界文学はＮＡＴＯ文学に過ぎない、いや、実際に扱う対象はもっと少ない（もっぱら英語、フランス語、ドイツ語の文学に限られる）のだから、ＮＡＴＯよりもっと酷いと。

　こんなおかしな話はありません。こういうことを踏まえて考えると、決して一元化できない世界観や解決不可能な矛盾、葛藤、軋轢を、そのまま引き受けて表現する文学。調和なき調和、あるいは調和という不調和という不都合な現実を明るみに出し、これにどう立ち向かうべきか考え続けることを読者に強いる文学。これこそ、私たちが追求すべき世界文学に相応しいように思われます。そして大江文学、なかんずく『水死』は、そのような意味での世界文学として、もっとも価値ある一冊だと思います。

実は私はこういうことを、二〇二二年八月にドイツで開催されたノーベル文学賞をめぐるシンポジウムで発表したのですが、内心、心配する事柄がありました。なぜなら、右の考え方には、大江についてしばしば言われていることとは異なり、西洋的ヒューマニズムの価値観を、ナショナリズムの観点から乗り越えようとするところがあるからです。いや、むしろ、それこそが私の議論の出発点であり、けれどもそういう主張が、ロシア‐ウクライナ戦時下のヨーロッパでどのように受け止められるか、事前に予測することは容易ではありませんでした。

しかし、それは杞憂でした。私の問題提起は参加者の心に届いたと思います。私たちの生きる現実は、数えきれないほど深刻な矛盾を抱えていて、ヒューマニズムも民主主義も、もう今までの形では通用しない。だからこそ、議論を重ねなければならないと、皆、痛切に感じているからです。

メルトダウンと生き直し

大江文学には『万延元年のフットボール』と『水死』という二つの高い峰があります。このような作家は、他にあまり例がありません。日本の作家でこれに対峙しうるのは、三島由紀夫の『金閣寺』と『豊饒の海』だけではないかと思います。

私の考えでは、大江の事実上の最後の作品は『水死』です。その後、『晩年様式集《イン・レイト・スタイル》』を発表しますが、『水死』の緊密度に比べると、弛緩した印象は否めません。その「前口上として」には、次のようにあります。

　私は東京でも相当なものだった揺れに崩壊した書庫をノロノロ整頓しながら見つけていた、数年前店頭に積んであるのをひとまとめに購入した「丸善のダックノート」の残り一冊を膝に乗せて〔……〕どうにも切実な徒然《つれづれ》なるひまに、思い立つことを書き始めた。友人の遺著は“On Late Style”つまり「晩年の様式について」だが、私の方は「晩年の様式を生きるなかで」書き記す文章となるので、“In Late Style”それもゆっくり方針を立ててではないから、幾つものスタイルの間を動いてのものになるだろう。そこで、

「晩年様式集」として、ルビをふることにした。

ここに明らかなように、『晩年様式集《イン・レイト・スタイル》』は東日本大震災後の作品です。二〇一二年一月から雑誌「群像」に連載された作品に詩篇を付して二〇一三年に単行本化（講談社）されたもので、その構成については、次のように説明されています。

それにあわせて私は、長年迷惑をかけ続けて来た妹に託されている頼みごとを、果たしてやろうと思い付いた。ずっと四国の森のなかに住んできた（森のヘリに、といってもらいたい、というのが口癖の）やはり老年の妹が、自分と、後二人の人物はあなたに一面的な書き方で小説に描かれて来たことに不満を抱いている、といって来ていた。わたしたちは「三人の女たち」というグループを結成して、それぞれあなたの小説への反論として書いたものを見せ合っている。これまではただそれを書き、確実な読み手を二人ずつ持つことで満足してきたが、あなたが「最後の小説」というようなことを（幾度も聞いた気はするけれど、七十代半ばを過ぎて、それがナントカから出たマコトになるかも知れない時に）、また言い出しているのでもあり、少なくともあなたが自分のそれを書きあげる前に、わたしたちの書いたものを読んでもらいたい。そこであなたに送ろうということになった。どうだろうか？

さらに、文章はこう続きます。

そうした思い付きをすれば、早速実行しないではいられないのが妹の性格で、草稿を入れた紙袋は届いていた。私は送られて来たものを幾らか読んでみはしたが、妹とその仲間が草稿を完成しても、現今の出版事情で本になることはないと考えていた。しかしいま私が書いているダックノートに、章としてひとまとめするたび、紙袋の、ある分量を選んで添えてみてはどうか？　両者ともに私という人間が主題であることに間違いはない。そこで自分の文章は『晩年様式集《イン・レイト・スタイル》』のまま、そして合わせる三人（前もっていっておけば妹と、家内と娘）の文章は「三人の女たちによる別の話」とタイトルをつけて、一緒に綴じたもののコピーを数部作り、まず妹たちに贈るとすれば、もしそれが出版される進み行きとなればもとより、そういうことが起らぬとしても、こちらは手許に残るのだから妹の気持は晴れるだろう。

それが、私の作ってみる私家版の雑誌『「晩年様式集《イン・レイト・スタイル》」＋α』である。

実際に本文を読み進めると、必ずしもこのように構成されているわけではなく、娘の真木が編集を担当するようになったり、その役目を返上しようとしたりします。そうした個々の出来事は面白いのですが、全体として脈絡に欠け、あるいは先行作品のエピソードの繰り返しや、作者の自己弁護のようなものが続いて、内容それ自体の評価は何とも言い難いというのが、私の正直な印象です。そもそも、右の引用文で「妹と、家内と娘」を「三人の女たち」と一まとめにし、その物語を単に「α」と記してしまう点は、『水死』で斬り込んだ「本当ノ事」からの逃避とも思われるのです。

とはいえ、『水死』であれほどまでに深く沈潜し、高く飛翔した後のことであれば、これも無理もない話だと納得されます。むしろ、私が考える本作の意義は、これが東日本大震災後に書かれた作品だということであり、覆い難い創作力の弛緩が、福島原発のメルトダウンのアイロニカルな比喩にもなっていることです。

これをどう受け止めるかということは、読者に委ねられているようにも思います。巻末に置かれた詩編の最後の言葉は、そのような意味を込めての大江からのメッセージと見なすことが出来ると私は考えています。

小さなものらに、老人は答えたい、私は生き直すことができない。しかし私らは生き直すことができる。

おわりに

私は大江健三郎が苦手であった。本文中で述べたように、高校、浪人時代から、そうだったのだが、その後、この思いを決定づけた出来事について、述べておきたい。

「死者の奢り」の舞台は、作中に明示こそされていないが、本郷の東京大学である。いつものように、この先の地下水槽には死体がひしめいているのだなと夢想しながらキャンパスを歩いていると、後方から自動車が暴走して来て、停車線の手前のハンプと呼ばれる道路の盛り上がりで激しくジャンプし、赤門のこちら側を歩いている人々の群れに突入した。一人の女性の身体が垂直に飛翔し、そのまま落下して、頭を激しく地面に打ち付けたときは、既に亡くなっていた。

この光景には既視感があった。「飼育」の結末で橇から投げ飛ばされた「書記」である。

私は目撃者として警察で事情を話したが、運転手は急に心臓麻痺か何かの発作でハンドル操作が出来なくなり、やはり亡くなったと後で知らされた。本書第一章で述べた「痛ましい出来事」とは、このことである。

以来、私はますます大江を敬遠するようになった。観念の中で大江と事件が強固に結び付き、一字一句が流血しているように見え、平静な気持ちで読むことが出来ない。三島由紀夫を研究している私は、どうしても大江に触れなければならないことが多く、大江の本も買い揃えていたが、防衛本能が働くのか、いざページを繰ると靄がかかっているようで、作品に入り込めないことも多かった。緊張感や疎隔感なく大江作品に接することが出来るようになったのは、二〇一六年に訪れたメキシコで、文庫本の『同時代ゲーム』を再読した頃からかもしれない。

その後『水死』を読んで、私は大江の内界の波長と私自身の波長があらためて同期する思いがした。そして、一字一句が流血するという事態に誰よりも慄いているのは、他ならぬ大江自身なのだ、と気づいたのである。いや、この言い方は正確ではない。内界における流血の事態が現実世界を侵食することがないように、おぞましきものを文字の中に封じ込めること。それが大江にとっての創作活動なのではあるまいか。その作業を生涯にわたって続けた内面の地獄を思って、私は慄然とした。

しかし、訃報に接して二週間後にこの本を書き始めた時点では、私はまだこのことを充分に理解出来ていなかったと思う。注意深い読者は、本書の前半と後半で、少し文体のトーンが異なることに気づかれるかもしれない。今年の夏、ちょうど第四章の『万延元年のフットボール』を書いている時にコロナに罹患し熱にうかされた私は、自分は鷹四であると考え、それがいつのまにか蜜三郎に変身して妻の菜採子と激しく言い争う悪夢に何度も苦しめられた。治癒後、ある変化が自分に起こったことを知った。それまで自分はまだ外側から大江を読んでいた。ところが今、大江の内側から大江を読んでいるように思われてならないのだ。

もちろん、これは自分勝手な一読者の妄想である。それがわかっていたので、秋以降、私は必要な資料を広く閲読して、自分の書くことが主観的な思い込みに陥らないように心掛けた。特に、宮城晴美さんのお話を直接伺うことが出来たのは、私の生涯において、もっとも貴重な体験の一つである。また、今私は大阪伊丹空港のラウンジでこの文章を書いているのだが、なぜここに来たかと言えば、大阪地方裁判所で沖縄「集団自決」裁判の判決書を閲覧するためである。わずか一日の滞在だったが、密度の濃い調査を行うことが出来たのは、必要な情報について、伊藤秀美さんに事前に丁寧なレクチャーを受けていたからだった。

他にも多くのかたの助けを得て本書を書くことが出来たが、最大の謝意を表したいのは、今年九月に開設された東京大学の大江健三郎文庫と阿部賢一先生、そして貴重な資料を提供された大江家である。

本書で私が提示した大江像は、民主主義者、平和主義者として一般に共有されている大江像とは大きく異なるであろう。

しかし、新しい戦前と言われる今日、民主主義も平和主義も、もはや従来のままではまったく通用しないのは歴然としている。なぜ、このような事態に至ったのか。今私たちは、誰に向かって、何をしようとしているのか。それをしかと見極めるためにも、いったん民主主義と平和主義を否定し、その底にとぐろを巻いてわだかまっているおぞましいものと向き合う必要があるのだ。私は『水死』でこれを実践した大江に深い敬意を表したい。

今も述べたように、夏にコロナに罹ったために執筆計画が大きく狂ったが、私を信頼して見守ってくださった光文社の小松現さんに心からの感謝を込めて、本書の筆を擱く。

二〇二三年十二月十二日　大阪にて

井上隆史

■大江健三郎略年譜

年　事項

一九三五年（昭和一〇年）零歳
一　月　愛媛県喜多郡大瀬村（現在の内子町大瀬）に大江家の三男として生まれる。

一九四四年（昭和一九年）九歳
一一月　父・好太郎死去。

一九四五年（昭和二〇年）一〇歳
八　月　大瀬国民学校五年生で敗戦を迎える。

一九五一年（昭和二六年）一六歳
四　月　愛媛県立松山東高校へ転校。伊丹十三と知り合う。

一九五四年（昭和二九年）一九歳
四　月　東京大学教養学部文科二類（現在の文科三類）に入学。

一九五七年（昭和三二年）二二歳
五　月　「奇妙な仕事」により東京大学の五月祭賞を受賞。

一九五八年（昭和三三年）二三歳
七　月　「飼育」により芥川賞を受賞。

一九六〇年（昭和三五年）二五歳
二　月　伊丹十三の妹・ゆかりと結婚。

一九六一年（昭和三六年）二六歳
　二　月　「文學界」（二月号）に発表された「政治少年死す――セヴンティーン第二部」により、右翼団体から脅迫を受ける。
一九六三年（昭和三八年）二八歳
　六　月　長男・光誕生。中短篇集『性的人間』を刊行。
一九六四年（昭和三九年）二九歳
　一一月　書下ろし長篇『個人的な体験』により新潮社文学賞を受賞。
一九六五年（昭和四〇年）三〇歳
　六　月　『ヒロシマ・ノート』を刊行。
一九六七年（昭和四二年）三二歳
　九　月　『万延元年のフットボール』により谷崎潤一郎賞を受賞。
一九六九年（昭和四四年）三四歳
　四　月　作品集『われらの狂気を生き延びる道を教えよ』を刊行。
一九七〇年（昭和四五年）三五歳
　九　月　『沖縄ノート』を刊行。
　一一月　三島由紀夫が自決。
一九七二年（昭和四七年）三七歳
　一〇月　中篇二部作『みずから我が涙をぬぐいたまう日』を刊行。

一九七六年（昭和五一年）四一歳

三月　七月までメキシコ滞在（コレヒオ・デ・メヒコ客員教授）。

一九七九年（昭和五四年）四四歳

一一月　書下ろし長篇『同時代ゲーム』を刊行。

一九八三年（昭和五八年）四八歳

二月　連作集『「雨の木《レイン・ツリー》」を聴く女たち』により読売文学賞を受賞。

一〇月　連作集『新しい人よ眼ざめよ』により大佛次郎賞を受賞。

一九八六年（昭和六一年）五一歳

一〇月　『M／Tと森のフシギの物語』を刊行。

一九八七年（昭和六二年）五二歳

一〇月　書下ろし長篇『懐かしい年への手紙』を刊行。

一九九三年（平成五年）五八歳

一一月　『「救い主」が殴られるまで――燃えあがる緑の木　第一部』を刊行。

一九九四年（平成六年）五九歳

八月　『揺れ動く（ヴァシレーション）――燃えあがる緑の木　第二部』を刊行。

一〇月　スウェーデン・アカデミーがノーベル文学賞を大江に授賞すると発表。

一九九五年（平成七年）六〇歳

三月　『大いなる日に――燃えあがる緑の木　第三部』を刊行。

一九九七年（平成九年）六二歳

一二月　母・小石死去。伊丹十三が自殺。

一九九九年（平成一一年）六四歳

六　月　書下ろし長篇『宙返り』上下巻を刊行。

二〇〇〇年（平成一二年）六五歳

一二月　書下ろし長篇『取り替え子《チェンジリング》』を刊行。

二〇〇二年（平成一四年）六七歳

九　月　『憂い顔の童子』を刊行。

二〇〇五年（平成一七年）七〇歳

八　月　『沖縄ノート』の記述をめぐり訴えられる（大阪地方裁判所。沖縄戦「集団自決」裁判）。

九　月　『さようなら、私の本よ！』を刊行。

二〇〇七年（平成一九年）七二歳

一一月　沖縄戦「集団自決」裁判で証言。『臈《らふ》たしアナベル・リイ　総毛立ちつ身まかりつ』を刊行。

二〇〇八年（平成二〇年）七三歳

三　月　沖縄戦「集団自決」裁判で、大阪地裁が原告の請求を棄却。

四　月　原告が控訴。

一〇月　大阪高裁が控訴を棄却。

一一月　控訴審控訴人が上告を提起、上告受理の申立て。

二〇〇九年（平成二一年）七四歳

一二月　書下ろし長篇『水死』を刊行。

二〇一一年（平成二三年）七六歳

三　月　東日本大震災。

四　月　沖縄戦「集団自決」裁判で、最高裁判所が上告を棄却、上告受理の申立て不受理を決定。

二〇一三年（平成二五年）七八歳

一〇月　『晩年様式集《イン・レイト・スタイル》』を刊行。

二〇二三年（令和五年）八八歳

三　月　死去。

九　月　東京大学文学部に大江健三郎文庫が発足。

目次・章扉デザイン　板倉　洋

井上隆史（いのうえたかし）

1963年生まれ。東京大学文学部卒業。白百合女子大学文学部教授。専門は日本近代文学。著書に『暴《ぼ》流《る》の人　三島由紀夫』（平凡社、読売文学賞・やまなし文学賞）、『三島由紀夫　幻の遺作を読む』（光文社新書）、『三島由紀夫『豊饒の海』VS野間宏『青年の環』』（新典社選書）、『三島由紀夫の愛した美術』（共著・新潮社）、『決定版　三島由紀夫全集　第42巻　年譜・書誌』（共著・新潮社）、『津島佑子の世界』（編著・水声社）などがある。

大江健三郎論《おおえけんざぶろうろん》　怪物作家《かいぶつさっか》の「本当ノ事《ほんとうのこと》」

2024年2月29日初版1刷発行

著　者 ── 井上隆史
発行者 ── 三宅貴久
装　幀 ── アラン・チャン
印刷所 ── 萩原印刷
製本所 ── ナショナル製本
発行所 ── 株式会社光文社
東京都文京区音羽1-16-6（〒112-8011）
https://www.kobunsha.com/
電　話 ── 編集部03（5395）8289　書籍販売部03（5395）8116
業務部03（5395）8125
メール ── sinsyo@kobunsha.com

ISBN 978-4-334-10223-4

光文社新書

1295

創作者の体感世界
南方熊楠から米津玄師まで

横道誠

天才たちの仕事を読み解く鍵は、発達障害に通じる特性が握っていた？　発達障害と診断された文学研究者が、自身の「感」と「知」で文献を渉猟。「障害」の意味を読み替える「当事者批評」実践の書。

978-4-334-10222-7

1296

大江健三郎論
怪物作家の「本当ノ事」

井上隆史

大江健三郎とは何者だったのか――。「奇妙な仕事」『万延元年のフットボール』『沖縄ノート』など、その作品世界を丹念に追うことで、いまだ明らかになっていない大江像を探る。

978-4-334-10223-4

1297

嫉妬論
民主社会に渦巻く情念を解剖する

山本圭

隣人が、同僚が、見知らぬ他人が羨ましい――。苦しく、みっともない感情にどうしてこうも振り回されるのか。人々を揺さぶる「厄介な感情」を政治思想の観点から多角的に考察。

978-4-334-10224-1

1298

漫画の未来
明日は我が身のデジタル・ディスラプション《破壊的変革》

小川悠介

スマホ向け漫画「ウェブトゥーン」の台頭に、絵を自動で描く「生成AI」の進化。デジタル時代に、漫画はどこへ向かうのか？　取材を重ねた記者が、経営・ビジネスの観点からその未来図を探る。

978-4-334-10225-8

1299

死なないノウハウ
独り身の「金欠」から「散骨」まで

雨宮処凛

失職、介護、病気など、「これから先」を考えると押し寄せる不安……。各界の専門家に取材し、役立つ社会保障制度などを紹介する、不安な人生をサバイブするための必須情報集！

978-4-334-10226-5